PAMÉLA MARIÉE,

OU

LE TRIOMPHE DES ÉPOUSES,

DRAME

EN TROIS ACTES, EN PROSE,

Par MM. Pelletier-Volméranges et Cubières-Palmezaux.

Représenté, pour la première fois à Paris, sur le théâtre de l'ancien Opéra, porte St.-Martin, le 19 germinal an XII.

PRIX 1 l. 10 s.

A PARIS,

Chez Barba, Libraire, palais du Tribunat, galerie derrière le théâtre Français de la République, n°. 51.

AN XII. (1804.)

ÉPITRE DÉDICATOIRE

A MADAME FANNY DE BEAUHARNAIS.

FANNY, qu'il est doux pour nos cœurs
    D'avoir excité vos allarmes !
    Et d'avoir vu couler vos larmes
Sur notre faible écrit, sur nos charmans acteurs !
    L'exemple que donne une belle,
    Peut-il n'être pas imité ?
  Ainsi que vous on a de tout côté
Pleuré sur Paméla, sur sa peine mortelle.
    A votre sensibilité ,
Nous devons en un mot une gloire nouvelle.
    Faut-il pour vous remercier
N'attribuer qu'à vous un modeste laurier ?
Non, non, que de nos vers la feinte soit bannie !
Quand notre Paméla fit naître vos douleurs,
    Vos yeux nous rendirent les pleurs
Que nous a fait verser la tendre (1) Stéphanie.

----

(1) Roman de madame de Beauharnais qui a eu plusieurs éditions.

PRÉFACE.

Goldoni a été surnommé avec raison le Molière d'Italie. Il a comme Molière beaucoup d'invention, beaucoup de naturel dans le dialogue et souvent de beaux caractères; mais il a trop écrit et sur tout il a écrit trop vîte. Il nous apprend lui-même dans ses mémoires qu'il avait pris, avec le public, l'engagement formel de mettre au théâtre seize pièces, dans le cours d'une année dramatique, et que plus d'une fois il avait tenu parole. Composer seize pièces de théâtre dans le courant d'une année nous paraît une chose facile; mais les faire bonnes, est au-dessus des forces humaines. De-là vient que la plupart des pièces de Goldoni sont des canevas informes, où l'on ne trouve le plus souvent, ni profondeur dans les situations, ni développement dans les caractères, ni correction dans le stile. Paméla mariée est de ce nombre; Goldoni avoue lui-même, qu'en traitant ce sujet, *il eut de la peine à former un nœud qui n'avait pour baze que des apparences trompeuses, et encore plus à les conduire jusqu'au dénouement.* Ce sont ses propres paroles. Nous n'osons pas dire que nous avons été plus sages que lui, mais du moins nous avons été plus heureux. La Paméla mariée de Goldoni ne réussit que faiblement à Rome, où elle fut jouée pour la première fois en 1758, et la nôtre a eu le plus brillant succès à Paris, lorsqu'elle y a été représentée pour la première fois, sur le grand et magnifique théâtre de la Porte St.-Martin, le 19 Germinal de l'an 12. Quoique nous ne devions à Goldoni que le sujet et les noms des personnages; quoique les détails, l'intrigue et le dialogue de notre Paméla mariée n'appartiennent qu'à nous, devons nous nous énorgueillir de notre succès? non, sans doute, nous l'attribuons en entier à l'indulgence du public, et surtout au jeu sage, varié et naturel de nos acteurs. Mademoiselle *Peltier* a mis dans le sien cette sensibilité douce et touchante qui la caractérise : douée d'un organe enchanteur et d'une figure très-agréable, chaque fois qu'elle parlait, on croyait entendre le son de voix de l'innocence et de la vertu, et le cœur volait pour ainsi dire au-devant de ses moindres paroles. Jamais physionomie n'a mieux exprimé le dédain que celle de mademoiselle *Bellement*, quoique cette physionomie ait de la grace et de la noblesse ; aussi mademoiselle *Bellement* a-t-elle eu un succès très-mérité dans le rôle très-difficile de miladi Daure. Mademoiselle *Descuyer* s'est distinguée dans celui de madame Jeffre, elle y a mis du naturel et de la vérité. Que M. *Dugrand* a été beau dans le comte d'Auspingh ! la chaleur de son débit a vivifié, entraîné, embrasé tous les spectateurs ; il nous faudrait un pinceau aussi brûlant que son ame, pour décrire l'effet qu'il a produit. Le jeu plus calme et non moins noble de M. *Adnet* a contrasté parfaitement avec les emportemens paternels de M. *Dugrand*, et surtout avec la fougue impétueuse et quelquefois délirante de M. *Philippe*. Ce jeune homme, à peine âgé de vingt-deux ans, donne les plus grandes espérances ; il a un beau physique, une physionomie très-mobile et un organe plein et sonore. Il paraît que la comédie Française lui reconnaît de grands moyens, puisqu'elle l'a reçu aux débuts, et nous ne doutons pas, s'il veut travailler, qu'il ne devienne un jour une des colonnes du temple de Melpomène. La manière dont il a joué le rôle de Bonfil, semble nous l'annoncer. Bonfil aussi jaloux qu'Orosmane, aussi violent qu'Othello, est dans une situation terrible, qui demande beaucoup de force et des mouvemens presque convulsifs ; Bonfil doit inspirer tout à la fois, la terreur et la pitié ; et M. *Philippe*, malgré son âge et son inexpérience, a su quelquefois inspirer l'une et l'autre. Il faut beaucoup d'à-plomb, de sang-froid et de noblesse dans le rôle de M. de Mayer, et M. *d'Herbouville* n'a manqué, à ce qu'il nous semble, d'aucunes de ces qualités précieuses. On a dit, il y a long-tems, qu'il n'y avait point de mauvais rôle pour un bon acteur. M. *Fusil* l'a prouvé, en se chargeant de celui d'Isac. Regardant ce petit rôle, comme peu digne de ses talens, nous n'osions pas le lui offrir ; c'est lui qui nous l'a demandé : il y a produit un effet admirable : sa modestie et sa bonne volonté ont été pleinement récompensées par le suffrage du public. Le rôle du chevalier Ernold n'était point facile à rendre ; c'est un petit maître étourdi et fort prévenu en sa faveur. M. *Auguste* y a mis toute la vivacité et toute la légèreté nécessaires. Nous invitons tous les acteurs de province à baragouiner tout le rôle d'Isac ; cet Isac étant un domestique peu instruit, et qui paraît n'être jamais sorti de l'Angleterre, ne doit pas parler aussi bien français que ses maîtres. Son langage un peu tudesque, contraste assez bien avec celui des autres personnages, qui sont tous d'un rang distingué ; il jette dans notre pièce une variété qui ne peut déplaire. Heureux si les comiques des départemens parviennent à baragouiner, aussi bien que M. Fusil !

Tous nos acteurs nous ont bien servis, nous le répétons avec plaisir, et nous n'en sommes pas étonnés, puisque tous joignent à l'amour de leur art un grand fond d'honnêteté et de politesse ; mais ce qui doit exciter quelque surprise, c'est que les journalistes ont tous, ou presque tous, parlé de notre pièce avec infiniment d'éloge. L'un deux même a osé dire que notre *Paméla mariée* était plus sage, plus raisonnable et plus vraisemblable que *Misantropie et Repentir*. Nous nous garderons bien de le remercier. Ce journaliste nous a mis l'un et l'autre dans le cas de lui répondre par ce joli vers de M. de Boufflers :

« Et je me sens battu par mon panégiriste. »

Quoiqu'il en soit des louanges qu'on nous a prodiguées, qu'elles soient exagérées ou justes, dictées par l'amitié ou par l'enthousiasme, nous ne devons pas oublier de les rendre à qui elles appartiennent, et de brûler, sur l'autel de nos maîtres, un encens qu'ils méritent mieux que nous. Nous ne sommes pas les premiers qui ayons puisé dans Goldoni des sujets de drames ou de comédie ; messieurs Mercier et François de Neuf-Château, nous avaient déjà ouvert la route. Le premier, devenu très-célèbre, par une grande quantité d'ouvrages qu'il a composés, dans tous les genres, avait déjà donné, au théâtre Français, *la Maison de Molière*, qui est une imitation très-embellie du Molière de Goldoni. M. Mercier est, depuis long-tems, notre ami ; il nous a donné, dans notre jeunesse, des leçons et des exemples ; que n'avons nous son talent, pour lui témoigner ici notre reconnaissance dans un hommage public : que ne pouvons nous louer ses vertus aussi dignement que son génie !

M. François de Neuf-Château n'a pas moins de titres que M. Mercier à notre admiration et à notre estime. Sa belle comédie de Paméla, a causé, à la fois, son malheur et sa gloire. Semblable au Tasse, à beaucoup d'égards, il a failli voir creuser son tombeau le jour même de son triomphe; mais ses lauriers n'en sont pas moins verts, pour avoir été battus par les orages. Sa Paméla, restée au théâtre Français, y restera toujours sans doute.

Et vous, cher Cailhava, n'avez-vous pas fait aussi une charmante imitation de Goldoni, dans votre *Buona Figliola?* Vous, aimable Deflius, n'avez-vous pas, dans la Jeune Hôtesse, embelli la *Locandiera?* Qu'il est doux, pour notre cœur, de ne trouver que des amis dans des rivaux qui nous surpassent.

Les soins qu'on a mis à la représentation de notre pièce, la richesse des habits, la beauté des décorations, ne doivent étonner personne. Le théâtre de la porte St.-Martin est dirigé, en ce moment, par deux hommes de lettres distingués, auteurs de *l'Hermite de Saverne*, et de plusieurs autres pièces très-agréables. Messieurs Dumaniant et Turing aiment l'art dramatique, pour lui-même, et se font une gloire et un plaisir de contribuer à ses progrès, et par leurs talens et par leur zèle.

PERSONNAGES.   ACTEURS.

Milord BONFIL, époux de Paméla.   M. *Philippe.*
Habit magnifique, point de chapeau ni d'épée.

PAMÉLA.   Mlle *Pelletier.*
Robe blanche et chapeau de même que la robe.

Le comte d'AUSPINGH, père de Paméla.   M. *Dugrand.*
Surtout de velours noir avec des ganses d'or.
Ce surtout doit être boutonné. Au troisième
acte, le chapeau sous le bras, point d'épée.

Miladi DAURE, sœur de M. Bonfil.   Mme *Bellement.*
Robe pailletée, coiffure en plumes et des diamans.

Milord ARTHUR.   M. *Adnet.*
Habit superbe et la plus grande tenue.

Le chev. ERNOLD, neveu de M. Daure.   M. *Auguste.*
Habit riche et élégant.

M. de MAYER, envoyé du grand Chancelier d'Angleterre.   M. *d'Herbouville.*
Costume du Glorieux, écharpe ponceau.

Mad. JEFFRE, femme de 50 ans, gou-
vernante dans la maison de M. Bonfil.   Mme *d'Escuyer.*
Fourreau puce, tablier noir et chapeau à l'anglaise.

ISAC, valet de M. Bonfil, âgé de 30 ans.   M. *Fusil.*
Habit brun dans le genre anglais, veste rouge
galonnée en argent, perruque ronde et noire.
Caractère froid et marche lente. Ce rôle doit être
baragouiné.

UN DOMESTIQUE. Petite livrée angl.   M. *Houdry.*

La scène est à Londres chez milord Bonfil.

Permis le 26 pluviose, l'an 12 de la République, en vertu
de l'autorisation du Ministre de l'Intérieur.
Signé FELIX NOGARET.

Vu l'approbation, permis d'afficher et représenter, ce 19
germinal an 12, pour le conseiller d'Etat, préfet de Po-
lice. Le chef de la cinquième division.
Signé J. B. BOUCHESEICHE.

PAMÉLA MARIÉE,

OU

LE TRIOMPHE DES ÉPOUSES.

ACTE PREMIER.

Le théâtre représente un salon richement décoré. A la droite de l'acteur est un cabinet; plus, deux tables, l'une à droite, et l'autre à gauche de l'avant-scène.

SCÈNE PREMIÈRE.

PAMÉLA, Milord ARTHUR, *ils sont assis.*

PAMÉLA.

J'ai fait défendre la porte de ce salon, et nous pouvons parler sans être interrompus; j'attends tout des conseils de milord Arthur.

M. ARTHUR.

Respectable Paméla, je ne me bornerai point à vous donner des conseils, j'agirai, je redoublerai mes efforts, pour obtenir la réhabilitation de l'illustre et trop infortuné comte d'Auspingh. Vous pouvez compter sur tout ce qui dépendra de mon zèle et de mon crédit.

PAMÉLA.

Hélas! je ne puis m'empêcher de verser des larmes sur le sort de mon malheureux père; il m'est cher! et le danger qui le menace me fait trembler!

M. ARTHUR.

Milord Bonfil, votre époux s'unira sans doute à moi pour dissiper vos allarmes et combler vos vœux.

PAMÉLA.

Mais, comment avons nous perdu tout-à-coup la douce espérance de voir mon père rentrer en grace? Vous m'aviez cependant assurée que son pardon était obtenu, et que le roi avait daigné le ratifier.

M. ARTHUR.

Il n'y a pas le moindre doute à élever, surtout ce que je vous ai dit. Mais, vous avez appris la disgrace du grand chancelier; le successeur de ce digne ministre est infiniment plus sévère; toutes les lettres que vous m'avez écrites, sont dans ses mains; il en paraît touché; mais il ne prononce pas. Il arrive d'ailleurs, par une suite fâcheuse d'évènemens, que l'Irlande et l'Ecosse, semblent de nouveau vouloir se soulever. On s'occupe à Londres des moyens d'étouffer la révolte dans son principe, et le ministre consentira difficilement à expédier, dans une semblable conjoncture, la grace d'un homme coupable du même délit.

PAMÉLA.

Ainsi, plus d'espoir d'obtenir le pardon de mon père.

M. ARTHUR.

On aura plus de peine; il ne faut désespérer de rien : milord Bonfil a un peu négligé cette importante affaire; mais, avec le tems, je vous promets que j'obtiendrai cette grace désirée.

PAMÉLA.

Puisse le ciel hâter cette heureuse époque ! Le séjour de Londres m'est insupportable ; milord Bonfil m'a promis de me conduire dans le comté de Devonshire ; mais, tant que cette affaire ne sera point terminée, je différerai notre départ, et il faudra, quoiqu'il m'en coûte, me résoudre à rester ici.

M. ARTHUR.

Pourquoi donc vous déplaisez-vous à Londres ?

PAMÉLA.

Depuis que je suis mariée, j'ai cent motifs de m'y déplaire, je ne suis point à moi ; assiégée d'une foule de visites, la bienséance veut que je les reçoive : j'aime à m'occuper, et il me faut perdre des heures précieuses à m'ennuyer dans un cercle où la frivolité règne ; tout le monde a les yeux sur moi ; ladi Daure m'observe, le chevalier Ernold m'obsède, et vous savez que j'ai tout à redouter de la haine de ma belle-sœur, et de la malignité de son neveu.

M. ARTHUR.

Oui ; je ne le sais que trop.

SCENE II.

LES PRÉCÉDENS, ISAC.

ISAC.

Madame !

PAMÉLA.

Quoi ?

ISAC.

Je viens annoncer...

PAMÉLA.

Qui ?

ISAC.

Le chevalier Ernold.

PAMÉLA.

Je vous avais dit que je ne voulais recevoir personne.

ISAC.

C'est vrai ; mais , il ne veut pas s'en aller.

PAMÉLA.

Dites-lui , qu'il veuille bien m'excuser , mais que je ne puis le recevoir aujourd'hui.

ISAC.

Cela suffit. (*il va pour sortir* , *Ernold ouvre la porte et paraît.*) Ah !... le voilà. (*il sort.*)

SCENE III.

PAMÉLA, Milord ARTHUR, ERNOLD, *d'un ton fat et léger.*

ERNOLD.

Madame, je brûlais d'impatience de pouvoir vous présenter mes hommages. Je présume que cet étourdi de laquais ne vous a pas dit qu'il y a plus d'un quart-d'heure que je fais antichambre.

PAMÉLA, *avec dignité.*

Si vous aviez eu la bonté d'attendre un instant de plus , il allait vous dire que je vous suppliais de vouloir, pour ce matin , me dispenser de recevoir votre visite.

ERNOLD.

J'ai donc très-bien fait de prévenir sa réponse ; je me serais privé, en l'attendant, du plaisir de vous voir.

PAMÉLA.

Mais, monsieur...

ERNOLD

Dans mes voyages, j'ai souvent eu l'occasion de remarquer que les dames sont un peu trop avares de leurs bonnes grâces, et que, pour jouir de la plus légère faveur, il faut souvent la dérober.

PAMÉLA, *avec noblesse et fermeté.*

Je n'en accorde, monsieur, ni par habitude, ni par surprise. Quand on me rend visite, je sais bon gré de la peine qu'on se donne ; mais, me forcer à la recevoir, ce n'est plus un hommage, c'est une marque de mépris. Je ne veux point interpréter votre conduite, et avec la même franchise qui vous a introduit ici sans mon aveu ; je puis, en suivant votre exemple, prendre la liberté de me retirer. Milord, je vous salue.

SCENE IV.

Milord ARTHUR, ERNOLD.

ERNOLD, *d'un ton ironique.*

Ma foi, je n'ai trouvé nulle part de femme comme celle-là : ce serait un caractère à mettre en scène.

M. ARTHUR.

Je crois que le votre serait plus original que le sien.

ERNOLD.

Ah ! mon cher Arthur, je vous pardonne bien volontiers de prendre sa défense. Vous devez m'en vouloir ; je suis venu troubler une conversation intéressante.

M. ARTHUR, *avec colère.*

Sir Ernold !

ERNOLD.

Ne vous fâchez pas : je me suis trouvé, à Lisbonne, dans un cas tout-à-fait semblable : j'étais avec une jeune mariée ; je lui faisais ma cour. — Arrive un maudit portugais, qui me ravit le seul instant qui m'eut assuré ma conquête ; je l'aurais, je crois, assommé, dans la fureur où j'étais... Il en est de même, à présent ; n'est-ce pas, milord ?

M. ARTHUR.

Votre discours offense une femme irréprochable, et un homme d'honneur.

ERNOLD.

Allons donc, milord ; vous plaisantez : je ne pense point vous offenser, en supposant quelqu'inclination, entre vous et Paméla... Si je vous disais tout ce que je sais là-dessus.

M. ARTHUR.

Vous ne pouvez rien dire, ni d'elle, ni de moi.

ERNOLD.

Oh ! je vous demande pardon : je vous trouve seuls, dans cet appartement ; la porte en est mystérieusement fermée pour tout le monde ; Paméla se fâche, parce qu'on la dérange ; vous vous emportez, parce que je vous surprends, et, vous voulez que je n'aie rien à dire ? que je ne vous croie pas d'intelligence avec... Allons donc, allons donc ; ce n'est point à un voyageur que l'on fait de ces contes-là.

M. ARTHUR.

Un voyageur, tel que vous, n'a rapporté dans sa patrie que les ridicules des étrangers.

ERNOLD, *fièrement.*

Milord, je vous prie de croire que je sais distinguer le bon, le ridicule et l'impertinent.

M. ARTHUR.

Vous êtes coupable d'un faux soupçon et d'un mauvais procédé ; vous n'avez point appris à vous conduire avec les dames.

ERNOLD.

Ni vous, avec les hommes.

M. ARTHUR.

Ailleurs, je vous répondrai.

ERNOLD.

Où, et comme il vous plaira. (*ils font quelques pas pour sortir.*)

SCENE V.

LES PRÉCÉDENS, Milord BONFIL.

M. BONFIL.

Ah ! mes amis..

M. ARTHUR.

Milord, permettez...

M. BONFIL.

Où allez-vous ?

ERNOLD.

Une affaire imprévue...

M. BONFIL.

Arrêtez. — Vous paraissez émus l'un et l'autre ! — Puis-je savoir la cause de votre différent ?

M. ARTHUR.

Vous saurez tout ; mais, veuillez me dispenser pour le moment...

ERNOLD, *d'un ton ironique.*

Milord Arthur n'a pas le courage de parler.

M. BONFIL.

Vous me mettez au supplice ! je veux absolument savoir ce qui s'est passé.

ERNOLD.

Eh bien, milord s'est fâché contre moi, parce que je l'ai urpris ici tête-à-tête avec votre épouse.

M. BONFIL, *à Arthur, avec la plus grande surprise.*

Milord...

M. ARTHUR.

Vous me connaissez,

Milord BONFIL.

Oui... mais...

ERNOLD, *avec une ironie insultante.*

Arthur est philosophe ; mais, je ne le crois pas ennemi de l'humanité, et, si j'avais une femme, je ne l'exposerais pas au danger d'un tête-à-tête.

M. BONFIL.

Tête-à-tête, milord ?

M. ARTHUR.

Ami, un seul doute de votre part, sur la pureté de mes intentions, est plus injurieux pour moi que les impertinences de monsieur : quiconque peut douter de mon honneur et de ma délicatesse, n'est pas digne de mon amitié... Au revoir, sir Ernold. *(il sort.)*

SCENE VI.

ERNOLD, Milord BONFIL.

ERNOLD, *voulant sortir*

Je sors avec vous.

M. BONFIL, *l'arrêtant.*

Restez.

ERNOLD.

Eh ! laissez-moi le suivre ; Arthur ne m'effraie pas.

M. BONFIL.

Je vous ordonne de m'écouter.

ERNOLD.

Je ne manque ni de cœur, ni d'adresse.

M. BONFIL.

Répondez-moi.

ERNOLD.

J'ai voyagé.

M. BONFIL, *avec colère.*

Répondez-moi, vous dis-je.

ERNOLD.

A quoi voulez-vous que je réponde ?

M. BONFIL.

Aux questions que je vais vous faire.

ERNOLD.

Interrogez.

M. BONFIL.

Comment avez-vous pu trouver milord Arthur et Paméla ?

ERNOLD.

Parce qu'ils étaient ensemble.

M. BONFIL.

Où ?

ERNOLD.

Dans cet appartement.

M. BONFIL.

Quand cela ?

ERNOLD.

Il n'y a qu'un moment.

M. BONFIL.

Par où êtes-vous entré ?

ERNOLD.

Eh ! parbleu ! par la porte.

M. BONFIL.

Ne tournez point ce que je dis en ridicule, s'il vous plaît. Vous êtes-vous fait annoncer ?

ERNOLD.

Oui ; mais miladi m'a fait répondre qu'il lui était impossible de me recevoir.

M. BONFIL.

Et vous êtes entré malgré cela ?

ERNOLD.

Certainement.

M. BONFIL.

Pourquoi ?

ERNOLD.

Eh ! mais... par curiosité.

M. BONFIL.

Cette curiosité est très-blâmable : vous avez manqué à miladi, et vous lui devez des excuses.

ERNOLD.

C'est un peu fort.

M. BONFIL.

J'imagine qu'il ne faudra pas vous le redire.

ERNOLD.

A la bonne heure... Mais, pour milord Arthur...

M. BONFIL.

Evitez de le rencontrer ; vous n'êtes pas le seul intéressé dans cette affaire, et votre querelle peut compromettre ma réputation ; j'approfondirai tout, avant d'aller plus loin.

ERNOLD.

Je suspendrai mon ressentiment, pour ménager votre honneur : quand vous serez décidé, dites un mot, et milord Arthur n'est plus.   (*il sort.*)

SCENE VII.

Milord BONFIL, *seul.*

Que dois-je penser de ce que m'a dit Ernold ? Arthur, tête-à-tête avec mon épouse !... Eh bien, quel mal y a-t-il à cela ?.. Mais, pourquoi refuser une autre visite ?... Je le conçois... Paméla n'aime point la compagnie du chevalier, et n'aura pas voulu le recevoir... Mais Arthur s'est emporté ; il faut de fortes raisons pour prendre un tel parti ! — Pourquoi ne pas se justifier en présence du chevalier ? Pourquoi le provoquer ?... Ernold est un imprudent, et sa légèreté... Non, Arthur n'est pas capable de me tromper : Paméla est la candeur même, et je me reproche d'avoir pu les soupçonner. On vient... c'est miladi Daure... Que va-t-elle m'apprendre ?

SCENE VIII.

Milord BONFIL, Ladi DAURE, *au fond du théâtre.*

L. DAURE.

Puis-je entrer ?

M. BONFIL.

Oui, ma sœur.

L. DAURE.

Êtes-vous d'humeur à parler, aujourd'hui ?

M. BONFIL.

J'ai... j'ai besoin d'un moment d'entretien avec vous.

L. DAURE.

Vous paraissez troublé !

M. BONFIL.

J'ai sujet de l'être.

L. DAURE.

Ernold vient de m'apprendre des choses étonnantes ; je vous plains. Depuis que Paméla a changé de condition, on dirait qu'elle veut changer de conduite.

M. BONFIL.

Et... les motifs de l'outrage que vous lui faites ?

L. DAURE.

Le chevalier m'a dit...

M. BONFIL.

Le chevalier est un fou.

L. DAURE.

Mon neveu mérite plus d'égards.

M. BONFIL, *d'un ton imposant.*

Et mon épouse, plus de respect.

L. DAURE.

Je n'aime point ces entretiens secrets avec milord Arthur.

M. BONFIL.

Arthur est mon ami.

L. DAURE.

Les amis sont quelquefois bien dangéreux.

M. BONFIL.

Voulez-vous chasser la paix de mon ame ?

L. DAURE.

Je suis jalouse de votre honneur. Vous ferai-je part d'une pensée qui m'est venue ?

M. BONFIL.

Quelle est-elle ; voyons ?

L. DAURE.

Vous souvenez-vous, avec quel zèle, avec quelle force de raisonnement Arthur vous détournait du projet d'épouser Paméla ?

M BONFIL.

Sans doute, je m'en souviens : les conseils de cet excellent ami n'étaient-ils pas fondés sur la raison ?

L. D'AURE.

Et sur l'amour : dès cet instant, l'orgueil de Paméla, caché sous une feinte timidité, ne put m'en imposer. Je voyais le germe de la coquetterie se developper en elle. Il y a plus : en interprêtant les sentimens d'Arthur et ses fréquentes entrevues, on pourrait hasarder la conjecture, qu'il ne vous conseillait de renoncer à Paméla que pour lui offrir sa main et sa fortune.

M. BONFIL.

Votre imagination va beaucoup trop loin.

L. DAURE.

Croyez-moi, mon frère, je me trompe rarement..

M. BONFIL.

Je crois, cependant, que vous êtes dans l'erreur.

L. DAURE.

Je le desire, sans m'en flatter.

M. BONFIL.

Quoi ? vous croyez qu'il y a de l'amour, entre milord Arthur e. Paméla ?

L. DAURE.

Je le crois.

Paméla mariée.   B

M. BONFIL.

Dan quel cahos d'idées je me trouve abîmé ! Ma sœur, c'en est assez... Je réfléchirai... je m'éclaircirai sur tout cela. Holà ! quelqu'un ! (*le domestique entre.*) Dites à miladi que je la prie de se rendre ici.. (*le domestique sort.*) Je lirai dans son cœur, et j'irai vous faire part de mes observations.

L. DAURE.

Je vais vous attendre et je vous promets de ne rien négliger pour vous rendre la tranquilité.

SCENE IX.

Milord BONFIL, *seul.*

Allons, il faut voir Paméla... mais, gardons-nous de la juger sur de vagues accusations : les épouses vertueuses sont souvent persécutées !... Ah ! combien d'heureux mariages ont été désunis par les fausses apparences, par la malignité et les mauvais conseils.

SCENE X.

Milord BONFIL, PAMÉLA.

PAMÉLA.

Que souhaitez-vous, milord ?

M. BONFIL, *avec bonté.*

Ce titre de milord est déplacé dans la bouche d'une épouse.

PAMÉLA.

Eh ! bien, cher époux, qu'avez-vous à m'ordonner ?

M. BONFIL.

Paméla, je ne veux rien vous ordonner ; mais, j'ai résolu de vous accorder ce que vous desirez depuis si long-tems.

PAMÉLA.

Votre seule étude est de prévenir mes vœux, et de me combler de bienfaits. Que vous proposez-vous donc d'ajouter aujourd'hui à tout ce que vous avez fait pour moi.

M. BONFIL.

Nous partirons dans deux heures pour le comté de Devonshire.

PAMÉTA, *à part.*

Il ne pense plus à mon père.

M. BONFIL, *à part.*

Elle se trouble ! ce projet semble lui déplaire.

PAMÉLA.

Hélas !

M. BONFIL.

Etes-vous fâchée de quitter le séjour de la ville ?

PAMÉLA, *tristement.*

Je serai toujours prête à vous obéir.

M. BONFIL.

Paméla, d'où vient donc ce changement... cette tristesse m'étonne. Vous trouviez Londres insupportable, et vous semblez vous en éloigner à regret.

PAMÉLA.

Si vous le desirez, partons.

M. BONFIL.

Moi ? je ne veux que ce qui peut vous être agréable.

PAMÉLA.

Je vous remercie de tant de bontés.

M. BONFIL.

Cette froideur me surprend.

PAMÉLA.

Pardonnez... mais mon cœur est brisé par la douleur.

M. BONFIL, *vivement.*

Quelle en est donc la cause ?

PAMÉLA.

La situation de mon malheureux père.

M. BONFIL, *vivement.*

De votre père !... Eh bien ?

PAMÉLA.

Je l'avoue... il m'en coutera de m'éloigner de lui.

M. BONFIL.

Que peut-il lui manquer, chez moi ?

PAMÉLA.

Le premier des biens, sa liberté.

M. BONFIL.

Dans ce moment, on ne peut l'obtenir

PAMÉLA.

Je ne le sais que trop !

M. BONFIL.

Qui vous l'a dit ?

PAMÉLA.

Milord Arthur.

M. BONFIL.

Vous avez donc vu milord Arthur ?

PAMÉLA.

Oui.

M. BONFIL.

Quand ?

PAMÉLA.

Ce matin.

M. BONFIL.

Où donc ?

PAMÉLA.

Ici.

M. BONFIL.

Y avait-il quelqu'un avec vous ?

PAMÉLA.

Non, personne.

M. BONFIL.

Personne !

PAMÉLA.

Vous aurais-je déplu, en recevant milord Arthur ?

M. BONFIL, *d'un air contraint.*

Oh ! non ; point du tout.

PAMÉLA.

C'est un homme que j'estime.

M. BONFIL, *à part.*

Qu'entends-je ?

PAMÉLA.

Et qui vous est attaché.

M. BONFIL.

Oui... oh !... c'est un ami vrai.

PAMÉLA.

Et bien digne de votre amitié.

M. BONFIL.

J'en suis persuadé.

PAMÉLA.

Il s'intéresse vivement à mon père.

M. BONFIL.

Je le sais.

PAMÉLA.

Et cependant, on ne peut adoucir ses maux.

M. BONFIL.

Nous y parviendrons, soyez-en sûre.

PAMÉLA.

Mais, quand, hélas !

M. BONFIL, *avec emportement.*

Eh ! (*se retenant un peu.*) Le plutôt que nous pourrons

PAMÉLA, *à part.*

Ses emportemens me font bien de la peine.

M. BONFIL.

Nous irons à la campagne; vous pouvez vous disposer à partir.

PAMÉLA.

Je serai prête, quand vous l'exigerez.

M. BONFIL.

Dites à madame Jeffre qu'elle vienne ici : j'ai quelques ordres à lui donner.

PAMÉLA.

Vous serez obéi.

M. BONFIL.

Si vous voulez rester à Londres... vous le pouvez.

PAMÉLA.

Je ne puis être heureuse qu'auprès de vous.

M. BONFIL.

Pour éviter l'ennui, qui pourrait nous suivre dans ces lieux solitaires, voulez-vous que nous ayons de la compagnie?

PAMÉLA.

Mon goût particulier ne serait pas d'avoir du monde.

M. BONFIL.

Engagerons-nous Arthur à nous accompagner ?

PAMÉLA.

Milord Arthur me déplairait moins qu'un autre.

M. BONFIL.

Vous aimez la société de milord ?

PAMÉLA.

Mais...

M. BONFIL.

Non, ma chère Paméla, nous n'aurons personne pour l'instant. Avec vous, dans ma solitude, je touverai tout ce que mon cœur desire, la beauté, les talens et l'amour.

PAMÉLA.

Ah ! tous mes vœux seraient comblés, si mon père était heureux.

M. BONFIL.

Voyez-le, de ma part ; assurez-le bien que ses intérêts, que les vôtres, me sont trop chers pour que je les oublie un seul instant.

PAMÉLA.

Ah ! milord, si je vous dois le bonheur de mon père, ce sera pour moi le plus grand de tous vos bienfaits. *(elle sort.*

SCENE XI.

Milord BONFIL, *seul.*

Elle est innocente; sa franchise peint la pureté de son ame.
Malheureux, le cœur accessible au poison de la jalousie !...
Je me suis vu prêt à devenir le plus injuste des hommes ...
Madame Jeffre va se rendre ici... Il faut cependant savoir
adroitement... Elle vient.

SCENE XII.

Milord BONFIL, Mad. JEFFRE.

Mad. JEFFRE.

Que veut milord ?

M. BONFIL.

Où est votre maîtresse ?

Mad. JEFFRE.

Dans sa chambre.

M. BONFIL.

Seule ?

Mad. JEFFRE.

Seule. Avec qui voulez-vous qu'elle soit ?

M. BONFIL.

Que sais-je ? ici, c'est un concours de visites...

Mad. JEFFRE.

Oui , qu'elle reçoit par force , et dont elle se débarrasse
honnêtement.

M. BONFIL.

Fort bien; pourvu qu'il n'y ait point de tête-à-tête.

Mad. JEFFRE.

Oh ! pour cela...

M. BONFIL.

Elle ne s'est jamais trouvé tête-à-tête avec quelqu'un ?

Mad. JEFFRE.

Non , certainement. (*à part.*) Ne parlons pas d'Arthur.

M. BONFIL.

Jeffre , ne commencez point par me débiter des mensonges.

Mad. JEFFRE.

Moi ? je ne mentirais pas pour tout l'or du monde.

M. BONFIL.

Ainsi, vous ignorez qu'Arthur est resté assez long-tems tête-
à-tête avec mon épouse ?

Mad. JEFFRE, *à part.*

Maudits espions !

M. BONFIL.

Répondez-donc ; l'ignoriez-vous ?

Mad. JEFFRE.

Je suis, en vérité, surprise que l'on vous dise de telles choses et que vous croyez...

M. BONFIL, *avec colère et parlant lentement.*

Milord Arthur n'est pas venu ici ?

Mad. JEFFRE.

Pardonnez-moi.

M. BONFIL.

Hé bien, pourquoi donc jouer l'étonnement ?

Mad. JEFFRE.

Je ne suis pas étonnée.

M. BONFIL.

Non ?... je l'ai cru.

Mad. JEFFRE.

Point du tout. Je suis indignée de ce qu'on vous a dit qu'ils étaient seuls.

M. BONFIL.

Et qui donc était présent à leur entretien ?

Mad. JEFFRE.

Qui ?

M. BONFIL.

Oui.

Mad. JEFFRE.

Moi.

M. BONFIL.

Ah ! ah !... Vous avez entendu ce qu'ils ont dit ?

Mad. JEFFRE.

Tout.

M. BONFIL.

De quoi ont-ils parlé ?

Mad. JEFFRE.

Mais ils ont parlé de... de... ma foi, je ne m'en souviens pas.

M. BONFIL.

Donc vous n'avez pas écouté ; donc vous mentez.

Mad. JEFFRE.

Eh ! vous me feriez damner avec vos questions ; ils ont parlé... de choses indifférentes.

M. BONFIL, *avec colère.*

Mais encore, de quoi ?

Mad. JEFFRE.

Que sais-je, moi ? de modes, de bonnets, d'habits, de...

M. BONFIL.

Ce ne sont point là les conversations de milord.

Mad. JEFFRE

Cependant...

M. BONFIL.

Et qui vous a vue avec eux ?

Mad. JEFFRE.

Les domestiques qui allaient et qui venaient.

M. BONFIL.

Pourriez-vous m'en citer un.

Mad. JEFFRE.

Mais... Isac peut vous dire...   (*Isac paraît.*)

M. BONFIL.

Ah ! le voici, nous allons savoir...

Mad. JEFFRE, *à part.*

C'est le diable ! comment se tirer de-là à présent?

SCENE XIII.

LES PRÉCÉDENS, ISAC.

ISAC.

Miladi Bonfil demande milord.

M. BONFIL.

Isac, as-tu vu milord Arthur ce matin?

ISAC

Oui, milord.

M. BONFIL.

Où ?

ISAC,

Ici.

M. BONFIL.

A qui a-t-il parlé ?

ISAC.

A miladi.

M. BONFIL.

Dans ce salon ?

ISAC.

Dans ce salon.

M. BONFIL.

Et madame Jeffre y était-elle ?

Mad. JEFFRE.

Belle demande !

M. BONFIL, *à demi-voix et prolongeant ses mots.*

Taisez-vous. (*haut à Isac.*) Et vous n'avez point vu madame Jeffre ?

ISAC.

Je n'ai point vu madame Jeffre.

M. BONFIL, *à madame Jeffre.*

Que répondez-vous à cela ?

Mad. JEFFRE.

Qu'il ne sait jamais ce qu'il dit, et qu'il est accoutumé à ne rien voir.

ISAC.

Quand il n'y a rien.

Mad. JEFFRE, *à Isac.*

Qu'il est un imbécile.

ISAC.

Oui, mais je ne suis pas aveugle.

Mad. JEFFRE.

Qu'il fait ses commissions tout de travers.

ISAC.

Quand vous m'en donnez.

Mad. JEFFRE.

Ne croyez pas, milord, que...

M. BONFIL.

Allez, madame Jeffre, votre sincérité n'est plus un problême pour moi : je sais à l'avenir la confiance que je dois avoir en vous.

Mad. JEFFRE.

Quoiqu'il en puisse être, milord, je vous prie de croire qu'elle ne sera jamais mal placée.

(*Elle sort ; milord Bonfil va se jetter dans un fauteuil et rêve profondément.*)

SCENE XIV.

Milord BONFIL, ISAC.

ISAC.

Si milord n'a plus de questions à me faire, je vais porter ma lettre.

M. BONFIL, *sortant de sa rêverie et se levant vivement.*

Une lettre ! de quelle part ? qui l'a écrite ? qui te l'a donnée ? à qui la portes-tu ?

I S A C.

Votre épouse m'a dit de la remettre à milord Arthur.

M. B O N F I L.

Arthur ! donne-moi cette lettre.

I S A C.

Mais.... elle n'est pas pour vous.

M. B O N F I L, *d'un ton terrible.*

Cette lettre, te dis-je.

I S A C, *tout tremblant.*

La voilà.

M. B O N F I L.

Est-ce la première que miladi t'envoie porter à milord Arthur?

I S A C.

Non, milord.

M. B O N F I L.

Non?... ô dieu !... Il suffit; sors.

I S A C.

Mais, comment pourrai-je rapporter la réponse?

M. B O N F I L.

Tu diras à miladi que je la lui ferai moi-mème.

I S A C.

Goddam ! goddam ! la dame Jeffre va dire encore que je fais mes commisions tout de travers.

S C E N E XV.

Milord B O N F I L, *seul.*

Paméla écrit à milord Arthur !... Que contient cette lettre ?... Je puis le savoir... je le dois ; mon bonheur et mon repos en dépendent.... Ah ! je brûle et je crains de connaître... Plus d'incertitude... lisons. (*il lit.*) Que vois-je ? grand dieu ! (*il lit.*) Non, le ciel ne permet pas que de semblables forfaits restent long-tems cachés. (*il lit.*) Quel feu me dévore !... (*après avoir lu.*) Malheureux ! malheureux ! (*il tombe dans un fauteuil.*) Paméla me trahit... Arthur a violé les droits de l'honneur et de l'amitié. (*il se lève.*) Femme ingrate et parjure ! il était donc possible que Paméla fut ingrate !... Je n'en puis plus douter ; mon malheur est certain. — Je n'ai point voulu croire Erhold ; j'ai refusé d'écouter ma sœur... Paméla ! Arthur ! vous paierez cher votre exécrable trahison ! Je saurai démasquer l'imposture, punir la perfidie, et me venger de l'infidélité.

Fin du premier Acte.

ACTE II.

SCENE PREMIERE.

Milord BONFIL, Ladi D'AURE.

M. BONFIL.

Laissez-moi, ma sœur ; laissez-moi.

L. D'AURE.

Vous laisser ! eh ! le puis-je ? en l'état où vous êtes, vous avez besoin de consalation.

M. BONFIL.

Il n'en est point pour moi ..

L. D'AURE.

Calmez-vous.

M. BONFIL.

Je suis au désespoir ! la voilà cette lettre fatale dont chaque ligue me déchire le cœur.

L. D'AURE.

Vous voyez les suites des unions mal assorties.

M. BONFIL.

Rien dans l'univers ne me paraissait au-dessus de Paméla.

L. D'AURE.

Une femme remplie de présomption ! qui ne vous apporta que l'orgueil et l'indigence.

M. BONFIL.

Elle avait des vertus ; c'était la plus belle dot qu'elle pouvait m'offrir.

L. D'AURE.

Le malheur est le prix de vos bienfaits.

M. BONFIL.

Eh ! qui aurait pu prévoir que sous le voile de la candeur elle cachait le cœur le plus perfide ? en m'unissant à elle, je croyois assurer mon bonheur. Graces, esprit, talent, beauté, voilà quels étaient ses trésors ; tout s'est évanoui ; tout est perdu pour moi... mais comment l'innocence peut-elle en un moment ?... voilà ce que je ne puis concevoir... non... cela me paraît impossible !... la vertu n'est point une chimère : malheur à qui peut la profaner en la croyant si près du crime !

L. D'AURE.

Si vous n'aviez des preuves convaincantes, je vous laisserais votre erreur.

M. BONFIL.

J'en aurais grand besoin pour être heureux... mon malheur est de ne pouvoir... mais Arthur !... un ami !... c'est là ce qui me tue... le cruel !... il avait toute ma confiance... je ne pouvais m'appercevoir...

L. DAURE.

Il n'y avait que vous, mon frère, qui n'étiez point instruit de leur intelligence : sans cesse ils s'enfermaient secrètement ; miladi défendait sa porte ; je le savais, et n'osais vous en avertir dans la crainte de troubler votre tranquillité. Je vous avais prédit qu'un jour vous auriez à vous repentir de votre générosité ; vous avez cru faire une action extraordinaire en donnant à Paméla le titre de votre épouse ; vous en voyez l'effet ; vous n'avez suivi que les conseils de l'amour, et l'amour vous punit.

M. BONFIL.

Oh ! oui... et bien cruellement.

L. DAURE.

Enfin quel parti prendrez-vous ?

M. BONFIL.

Je ne sais.

L. DAURE.

Vous ne savez ? vous êtes indécis quand votre honte est publique, et...

M. BONFIL.

Ah ! n'achevez pas ; n'irritez point mes maux et ma colère : dans mes transports je serais capable... Ma sœur, calmez-moi, et ne redoublez pas ma fureur... je ne respire que vengeance ; je... mais sur qui me venger ? hélas ! ma situation est affreuse ! le devoir m'ordonne de punir, et l'amour me dit de pardonner.

L. DAURE.

Pardonner ! ainsi l'estime de vos semblables n'est rien pour vous... les préjugés ?...

M. BONFIL.

Sont les tyrans du monde.

L. DAURE.

L'honneur ?

M. BONFIL.

C'est lui seul que j'écouterai.

L. DAURE.

Eh bien, dès ce jour, vos nœuds doivent être rompus, vous devez faire rentrer Paméla dans l'humble état dont elle n'aurait jamais dû sortir.

M. BONFIL.

Ah ! dieu !

L. DAURE.

Le nom de ladi Bonfil ne lui appartient plus : elle s'en est rendue indigne ; il faut qu'une séparation en forme lui interdise le droit de le porter.

M. BONFIL.

Je lui retirerai mon nom ; mais elle emportera mon cœur.

L. DAURE.

Il est de sûrs moyens qui vous guériront d'une passion insensée.

M. BONFIL.

Lesquels ?

L. DAURE.

Le tems et la raison.

M. BONFIL.

La raison... oui... oui ... je la conserverai : Paméla n'est plus digne de moi : elle a perdu mon estime... je l'abandonderai... je ne la reverrai jamais... je briserai l'indigne chaîne qui m'unit à elle... je la bannirai de mon cœur comme de ma maison... elle ne sera plus rien pour moi ; son outrage est affreux ; la réparation sera terrible.

L. DAURE.

Dès ce soir , il faut que le ministre...

M. BONFIL.

C'en est assez ; ma sœur, laissez-moi ; j'ai besoin de réflexion et de courage.

L. DAURE.

En aurez vous ?

M. BONFIL.

Je vous le promets.

L. DAURE.

Paméla est bien séduisante.

M. BONFIL.

Je saurai m'en garantir.

L. DAURE.

Et comment ?

M. BONFIL.

Je me rappellerai son crime.

L. DAURE.

Voilà le motif qui doit vous animer. Agissez , délivrez votre famille d'un objet qui lui est odieux et qui la déshonore. Recouvrez l'estime qu'un mariage disproprotionné vous avait fait perdre. Un lord s'être mésallié ! l'exemple est dangereux; mais le résultat est effrayant. Songez à ce que l'honneur vous ordonne de faire dans cette circonstance , et reprenez votre dignité. (*Elle sort.*)

SCENE II.

Milord BONFIL, *seul.*

Que je suis à plaindre ! je préfère Paméla aux femmes opu-
lentes et titrées ; je brave tous les préjugés. Contre l'aveu de
mes parens, je l'élève jusqu'à moi : amour, grandeur, richesses, tout lui est prodigué, et, sans reconnaissance de ce que
j'ai fait pour elle, que faut-il donc pour être aimé ? et que
pouvais-je faire de plus ?

SCENE III.

Milord BONFIL, Mad. JEFFRE.

Mad. JEFFRE.

Milord !

M. BONFIL.

Qui vous a dit d'entrer ici ?

Mad. JEFFRE.

Eh ! n'y puis-je entrer sans qu'on me le dise ?

M. BONFIL.

Non, vous ne le pouvez plus.

Mad. JEFFRE.

La raison ?

M. BONFIL.

Vous devez la savoir.

Mad. JEFFRE.

Madame m'envoie pour vous dire...

M. BONFIL.

Je ne veux rien apprendre.

Mad. JEFFRE.

Depuis quelque tems il n'y a plus moyen de vivre ici.

M. BONFIL.

Je ne vous prie pas d'y rester.

Mad. JEFFRE.

Oui, cela irait bien si je m'en allais !

M. BONFIL.

Oh ! l'on ne pourrait remplacer madame.

Mad. JEFFRE.

Je le pense.

M. BONFIL.

Les services qu'elle m'a rendus...

Mad. JEFFRE.

Sont au-dessus des gages que vous m'avez donnés.

M. BONFIL, *avec hauteur.*

Comment donc ?

Mad. JEFFRE, *d'un ton important.*

Je vous ai élevé.

M. BONFIL, *un peu troublé.*

Mais...

Mad. JEFFRE.

Et dieu sait combien vous m'avez causé de peines ! j'ai resté trente-cinq ans au service de votre digne mère, et j'ose dire qu'elle me traitait avec égard et bonté : elle savait distinguer les honnêtes gens, et me connaissait pour une femme d'honneur.

M. BONFIL.

Une femme d'honneur pour qui le mensonge est un jeu.

Mad. JEFFRE.

Mentir pour faire le bien n'est point une mauvaise action.

M. BONFIL.

Quelque soit le motif, le mensonge ne peut-être toléré ; mais c'est le vice des gens de votre état.

Mad. JEFFRE.

On parle toujours des vices des domestiques, et jamais des défauts des maîtres.

M. BONFIL, *sèchement.*

Taisez-vous.

Mad. JEFFRE.

Me dire de me taire ! milord voudra bien se souvenir que je lui appris à parler.

M. BONFIL.

Votre imposture m'affranchit des obligations que je puis vous avoir.

Mad. JEFFRE.

Il y a ici tant de personnes qui en imposent pour faire le mal, qu'on ne saurait trop se mettre en opposition avec elles pour détruire leurs mauvais propos, déjouer leurs projets criminels, et ramener la paix dans votre maison.

M. BONFIL.

De quelles personnes voulez-vous parler ?

Mad. JEFFRE.

Un jour vous les connaîtrez, et vous rendrez justice à ma prudence et à ma sagacité.

M. BONFIL, *avec hauteur.*

J'en doute.

Mad. JEFFRE.

Oui, je gagerais ma tête que miládi est la vertu même.

M. BONFIL, *avec ironie amère.*

Vraiment ?

Mad. JEFFRE, *gravement.*

Quand une femme comme moi avance quelque chose, elle est sûre de son fait.

M. BONFIL, *avec colère.*

Vous osez prendre le parti de Paméla !

Mad. JEFFRE.

On l'opprime injustement ; je veux la défendre ; c'est mon devoir.

M. BONFIL.

Défendre une épouse coupable !

Mad. JEFFRE.

Il n'y a de coupable ici que ses ennemis.

M. BONFIL.

Vous vous efforcez de couvrir la perfidie de votre maîtresse, lorsque vous devriez me dévoiler ses torts.

Mad. JEFFRE.

Il faudrait donc lui en supposer.

M. BONFIL.

Non, mais effacer votre imposture par un aveu...

Mad. JEFFRE.

Voudriez-vous que je réparasse un mensonge par une calomnie ?

M. BONFIL.

Vous voulez garder le silence, parce que vous avez favorisé peut-être...

Mad. JEFFRE.

Moi ?... avant que Paméla fut votre épouse, j'ai su la garantir des pièges que l'on voulait lui tendre ; milord ne doit point l'avoir oublié.

M. BONFIL.

Oui... je... (*se retenant.*) je m'en souviens.

Mad. JEFFRE.

En persécutant votre épouse, vous faites bien des heureux : votre affreuse jalousie...

M. BONFIL.

Peut m'égarer... je le sens.

Mad. JEFFRE, *à part.*

Il se radoucit.

M. BONFIL.

Je vous en ai trop dit peut-être, et je crains...

Mad. JEFFRE.

Ah ! milord sait que je n'ai point de rancune.

M. BONFIL.

Madame Jeffre, puis-je encore compter sur vous ?

Mad. JEFFRE.

Toujours.

M. BONFIL.

Voulez-vous me rendre service. ?

Mad. JEFFRE.

Je n'ai fait que cela depuis que vous êtes au monde.

M. BONFIL.

Tout ce qui se passe trouble ma tranquilité. Vous êtes sûrement dans la confidence de votre maitresse... voulez-vous me dire la vérité ?

Mad. JEFFRE.

Oui , si vous pouvez la croire.

M. BONFIL.

Je la croirai... si vous pouvez la dire.

Mad. JEFFRE.

Vous allez l'entendre.

M. BONFIL, *transporté.*

Ah ! mille guinées...

Mad. JEFFRE, *d'un ton bref.*

Point d'or ; votre confiance.

M. BONFIL.

Parlez.

Mad. JEFFRE.

Ecoutez bien et croyez moi. (*en pesant sur toutes ses paroles.*) Milord Arthur est votre ami. —— Votre épouse est vertueuse. — Et leurs accusateurs sont des monstres.

M. BONFIL, *avec force.*

Et quels sont ces monstres ?

SCENE IV.

LES PRÉCÉDENS, UN DOMESTIQUE.

LE DOMESTIQUE.

Ladi Daure et le chevalier Ernold.

Mad. JEFFRE, *à part et vivement.*

Il vient de les nommer.

M. BONFIL.

Que veulent-ils ?

LE DOMESTIQUE.

Vous parler un instant dans votre cabinet.

Paméla mariée.   C

M. BONFIL.

Allez. (*le domestique sort.*)

Mad. JEFFRE.

A présent puis-je remplir la commission que madame...

M. BONFIL.

C'est inutile.

Mad. JEFFRE.

Etes-vous toujours en colère ?

M. BONFIL.

Point du tout : vous m'avez dit la vérité ?

Mad. JEFFRE.

Foi d'honnête femme.

M. BONFIL.

Comme vous la dites ordinairement.

Mad. JEFFRE.

Je vous jure...

M. BONFIL.

Point de serment.

Mad. JEFFRE.

Mais c'est que...

M. BONFIL.

Honnête Jeffre, vous aimez votre maîtresse ?

Mad. JEFFRE.

Presqu'autant que je vous aime.

M. BONFIL.

Avant la fin du jour vous pourrez la suivre : je ne me plain-drai point de la préférence que vous lui donnerez.

SCENE V.

Mad. JEFFRE, *seule.*

Eh ! mais je crois que c'est un congé qu'il me donne ? Al-lons ; il faut savoir prendre son parti. Combien je suis heu-reuse de ne m'être pas mariée ! cependant peu s'en est fallut que... mais j'ai bien fait... très-bien fait.... et, d'après tout ce que je vois... célibataire pour la vie ! — Voilà madame.

SCENE VI.

Mad. JEFFRE, PAMÉLA, *restant sur le seuil de la porte et regardant de tous côtés d'un air inquiet.*

Mad. JEFFRE.

Venez, ma chère maîtresse, venez.

PAMÉLA.

Je suis si troublée... si agitée... qu'à peine je respire.

Mad. JEFFRE.

Asseyez-vous.

PAMÉLA, *assise.*

Eh bien, Jeffre, mon époux...

Mad. JEFFRE.

Vient de sortir.

PAMÉLA.

Lui avez-vous parlé?

Mad. JEFFRE, *avec un gros soupir.*

O mon dieu! oui.

PAMÉLA.

Que dois-je espérer.

Mad. JEFFRE.

Je ne sais : il n'a rien vonlu entendre de ce que vous m'a-
viez chargé de lui dire.

PAMÉLA.

Jeffre, je suis au désespoir! milord me croit infidelle...
mon malheur est au comble. Ernold et ladi Daure m'accu-
sent sans ménagement... on les croit... Malheureuse!... que
vais-je devenir?

Mad. JEFFRE.

Loin de vous laisser abatre par la douleur, il faut rappeler
votre courage, vous en avez besoin.

PAMÉLA.

Tout le monde m'accable.

Mad. JEFFRE.

Oui ; mais vous ne succomberez pas : une femme est bien
forte quand la vertu lui sert d'appui.

PAMÉLA.

Quelquefois la calomnie l'écrase... cela n'est pas sans
exemple.

Mad. JEFFRE.

Milord est violent, crédule ; mais il est juste.

PAMÉLA, *se levant.*

Il me condamne sans m'entendre.

Mad. JEFFRE.

Il vous aime.

PAMÉLA.

Il ne m'estime plus : il m'a soupçonnée.

Mad. JEFFRE.

Le sort dont vous jouissez fait bien des jaloux!

PAMÉLA.

Je n'ai connu le bonheur qu'un moment, et mes peines seront éternelles.

Mad. JEFFRE.

Et pourquoi ?

PAMÉLA, *en pleurant.*

J'ai perdu le cœur de mon époux.

Mad. JEFFRE.

On veut vous le faire perdre ; mais on n'y réussira pas.

PAMÉLA.

Mon malheur est sans remède ; je connais milord ; on m'accuse ; il m'opprime, et sur quoi ? qu'ai-je fait ? qu'ai-je dit qui puisse lui déplaire ? épouse soumise et vertueuse, que peut-il me reprocher ? comment a-t-il pu penser que l'idée même d'un crime put entrer dans mon cœur ?

Mad. JEFFRE.

C'est cette maudite Ladi et son freluquet de neveu qui sont la cause de tous vos maux. Votre belle-sœur orgueilleuse ne peut vous souffrir dans sa famille ; le fat Ernold ne peut vous pardonner de l'avoir dédaigné ; rien ne leur coûte pour se venger et pour parvenir à faire casser votre mariage.

PAMÉLA.

Casser mon mariage !

Mad. JEFFRE.

On me l'a dit.

PAMÉLA.

Casser mon mariage !... c'est l'arrêt de ma mort.

Mad. JEFFRE.

Ils échoueront, c'est moi qui vous le prédis.

PAMÉLA.

Paméla déshonorée ! Paméla traitée en coupable par l'époux que son cœur adore !

Mad. JEFFRE.

Voilà l'effet des mauvais conseils.

PAMÉLA.

Pourrai-je supporter tant de honte et tant de peine ?

Mad. JEFFRE.

Elles ne dureront pas ; mais il n'y a pas de tems à perdre, il faut aller trouver milord.

PAMÉLA.

Que me dis-tu ?

Mad. JEFFRE.

Il le faut ; oui ; il le faut.

PAMÉLA.

Trois fois je me suis présentée à la porte de son appartement.

Mad. JEFFRE.

Il n'a pas voulu vous recevoir ?

PAMÉLA, *en pleurant.*

Non.

Mad. JEFFRE.

Il faut avoir recours à monsieur votre père... Contez-lui...

PAMÉLA.

Mon père !... tu me fais frémir.

Mad. JEFFRE.

La raison ?

PAMÉLA.

Je connais sa délicatesse, et chaque mot lui percerait le cœur.

Mad. JEFFRE.

Voulez-vous que je lui parle ?

PAMÉLA.

Non : il vaut mieux qu'il ignore...

Mad. JEFFRE.

Mais réfléchissez donc : il est impossible qu'il ne sache pas ce qui se passe, et infiniment plus dangereux qu'il l'apprenne d'une bouche étrangère : si vous balancez à lui confier vos chagrins, permettez que je l'en instruise... je le ferai de manière...

PAMÉLA.

Faites ce que vous jugerez à propos.

Mad. JEFFRE.

C'est bon. Il me vient une idée... oui, je la crois excellente.

PAMÉLA.

Quelle est-elle ?

Mad. JEFFRE.

Ecrivez à milord Bonfil ; s'il a refusé de vous voir, il ne refusera peut-être pas de vous lire.

PAMÉLA.

Non, il faut que je le voie, que je lui parle... je me trouve bien humiliée de la nécessité où je suis de me justifier !... la soumission cependant n'est jamais inutile ; s'il le faut, je me jetterai à ses pieds, quoiqu'innocente, pour le supplier de m'entendre.

Mad. JEFFRE.

A votre place, je ne serais peut-être pas aussi bonne ; mais peut-être ferais-je plus mal que vous. Il est possible qu'avec de la douceur vous parveniez à l'éclairer.

PAMÉLA.

J'en doute. Ah ! je suis née pour souffrir , et je ne prévois pas le terme de mes tourmens. (*Ernold chante dans la coulisse.*) Qu'est-ce ?

Mad. JEFFRE.

Sir Ernold.

PAMÉLA.

Fuyons... allez, ma bonne Jeffre , allez chez mon père , et ne m'abandonnez pas... j'ai besoin d'une amie.

SCENE VII.

LES PRÉCÉDENS, ERNOLD.

ERNOLD.

Ah ! belle miladi, je vous cherchais.

PAMÉLA , *le salue et sort lentement.*

ERNOLD , *la suivant.*

Vous sortez ?... voulez-vous que je vous accompagne ?... j'aurais à vous dire...

PAMÉLA , *se retourne , s'arrête , et , par un signe impérieux, lui ordonne de rester.*

ERNOLD.

Un ordre ?... j'y souscris... je reste.

SCENE VIII.

Mad. JEFFRE, ERNOLD.

(*Madame Jeffre fait quelques pas pour sortir.*)

ERNOLD.

Ecoutez donc, madame Jeffre.

Mad. JEFFRE , *lui fait une révérence comme Paméla.*

ERNOLD.

Un moment.

Mad. JEFFRE.

Que désirez-vous , monsieur ?

ERNOLD.

Où va Paméla ?

Mad. JEFFRE.

Dans son appartement, verser des larmes sur les injustices dont on veut l'accabler.

ERNOLD.

Pourquoi donc cela ? elle a tant de sujets de consolation !

Mad. JEFFRE.

Pourriez-vous lui en apporter ?

ERNOLD.

Non.

Mad. JEFFRE.

Non ?

ERNOLD.

Jadis elle a refusé toutes celles que je desirais lui offrir.

Mad. JEFFRE.

En vérité ?

ERNOLD.

Je vous le dis.

Mad. JEFFRE.

Cela n'est pas croyable.

ERNOLD.

Parole de gentilhomme !

Mad. JEFFRE.

Je ne conçois pas madame.

ERNOLD.

Ni moi.

Mad. JEFFRE.

Vous veniez pour lui parler ?

ERNOLD.

Oui ; je venais pour lui rendre compte d'un entretien que nous venons d'avoir à son sujet, dans le cabinet de milord.

Mad. JEFFRE.

Où vous avez pris son parti ?

ERNOLD.

Au contraire.

Mad. JEFFRE.

J'ai cru que vous la protégiez.

ERNOLD.

Point du tout.

Mad. JEFFRE.

C'est singulier. — Et votre tante ?

ERNOLD.

Pas davantage.

Mad. JEFFRE.

Mais pourquoi ?

ERNOLD.

Cette femme ne convenait point à Bonfil.

Mad. JEFFRE.

Elle vous convenait à vous ?

ERNOLD.

J'ai eu quelqu'idée pour elle ; mais cela s'est passé : elle n'aime que les lords.

Mad. JEFFRE.

Ah ! quand on a le choix, on prend ce qu'il y a de mieux.

ERNOLD.

Je crois valoir...

Mad. JEFFRE.

Oh ! certainement ; tout le monde connaît votre mérite.

ERNOLD.

J'en conviens.

Mad. JEFFRE.

On en parle même.

ERNOLD.

On me cite par tout.

Mad. JEFFRE.

Jusques dans les gazettes.

ERNOLD.

Vraiment ?

Mad. JEFFRE.

Vous ne les lisez donc pas ?

ERNOLD.

Je m'occupe d'une histoire de mes voyages.

Mad. JEFFRE.

Elle sera curieuse.

ERNOLD.

J'en réponds ; mais que dit-on de moi dans les papiers ?

Mad. JEFFRE.

On parle de vous comme d'un homme charmant.

ERNOLD.

Qu'en pensez-vous ?

Mad. JEFFRE.

Délicieux.

ERNOLD, *au comble de la joie.*

A merveille.

Mad. JEFFRE.

Plein d'esprit.

ERNOLD.

C'est vrai.

Mad. JEFFRE.

De sensibilité.

ERNOLD.

Selon les circonstances.

Mad. JEFFRE.

Le protecteur de la vertu.

ERNOLD.

Je l'aime beaucoup.

Mad. JEFFRE.

La fleur des chevaliers anglais.

ERNOLD.

Votre honnêteté m'enchante. (*il lui présente sa bourse.*) Tenez.

Mad. JEFFRE.

Attendez.

ERNOLD.

Continuez.

Mad. JEFFRE.

Un voyageur qui a tout vu.

ERNOLD.

C'est cela !

Mad. JEFFRE.

Tout appris.

ERNOLD.

Tout.

Mad. JEFFRE.

Qui brouille un ménage avec une adresse... ah !

ERNOLD, *stupéfait.*

Heim ?... que dites-vous donc ?

Mad. JEFFRE.

Qui perd une jeune épouse dans l'esprit de son mari parce qu'il en fut dédaigné... c'est admirable !

ERNOLD, *avec colère.*

Mais je crois...

Mad. JEFFRE.

Qui espionne sans cesse ; qui ne voit rien, n'entend rien, et suppose tout... quel génie !

ERNOLD, *au comble de la fureur.*

Madame Jeffre !

Mad. JEFFRE.

Si c'est là ce qu'on apprend en faisant le tour du monde, autant vaudrait rester chez soi. Qu'en pensez-vous, monsieur ?

ERNOLD, *avec colère.*

Madame Jeffre... vous êtes...

Mad. JEFFRE.

L'écho de la voix publique.

ERNOLD.

Me dire en face des impertinences qui !...

Mad. JEFFRE.

Je ne vous ai rien pris pour cela. Adieu, sir Ernold. L'épouse malheureuse est une anecdote intéressante, vous y jouez un beau rôle, ne l'oubliez pas dans l'histoire de vos voyages.

ERNOLD.

Si je m'en croyais...

SCENE IX.

LES PRÉCÉDENS, Milord BONFIL.

M. BONFIL.

Madame Jeffre !... (*il lui fait signe de sortir.*)

Mad. JEFFRE.

Oui, milord. (*à part, en s'en allant.*) Allons trouver le père de Paméla.

M. BONFIL.

Ernold, allez m'attendre au jardin.

ERNOLD.

J'y vais. J'ai besoin de faire quelques observations géographiques, quand on écrit une histoire, elle doit passer à la postérité, et mon ouvrage sera le guide des voyageurs.

SCENE X.

Milord BONFIL, *seul.*

Oui, ma sœur m'a tracé mon devoir ; je le suivrai... il faut me séparer de l'indigne Paméla... mais Arthur !... le barbare !... il me rendra raison des peines qu'il me fait éprouver : aujourd'hui même, il m'arrachera la vie, ou sera ma première victime. (*il appelle.*) Isac.

SCENE XI.

Milord BONFIL, ISAC, *entrant.*

ISAC.

Me voilà.

M. BONFIL.

Dans ce cabinet, au fond de mon secrétaire, vous trouverez ma boîte d'armes et me l'apporterez.

I S A C.

Votre boîte d'armes ?

M. BONFIL.

Voilà ma clef.

I S A C.

Que voulez-vous donc faire de ?...

M. BONFIL.

Point de questions ; allez et revenez promptement.

I S A C.

Si c'était ?...

M. BONFIL.

Partirez-vous ?

I S A C.

Je pars, et ne dis plus mot.

SCENE XII.

Milord BONFIL, *seul, marchant à grands pas.*

Cruel ami ! était-ce de vous que je devais attendre l'affront le plus sanglant et la destruction de mon bonheur ?... mon sang bouillonne dans mes veines, et je n'aspire qu'après une vengeance éclatante... Modérons-nous... dans une heure tout sera fini pour l'un ou pour l'autre.

SCENE XIII.

Milord BONFIL, ISAC, *apportant la boîte.*

I S A C.

Voilà la boîte.

M. BONFIL.

Sur cette table.

I S A C.

Vous n'avez plus rien à m'ordonner ?

M. BONFIL, *se promenant.*

Non. (*Isac sort lentement. Bonfil se ressouvenant.*) Ah !... Isac.

I S A C, *se retournant.*

J'y suis encore.

M. BONFIL.

Allez chez milord Arthur ; vous lui direz que je le prie de se rendre ici, ou qu'il m'indique le lieu où je pourrai lui parler sans témoins.

I S A C.

Mais au moins, ce n'est pas pour... pis-je ! (*il fait le geste comme pour tirer un coup de pistolet.*)

M. BONFIL.

Allez donc !

ISAC.

J'y vais tout de suite.

SCENE XIV.

Milord BONFIL, *seul.*

Préparons tout. (*il ouvre la boîte, prend un pistolet et le charge.*) Un moment suffira pour écrire mes dernières volontés... Perfide Paméla ! je te forcerai à regretter ton époux.

SCENE XV.

Milord BONFIL, PAMÉLA.

PAMÉLA, *tremblante et restant près de la porte.*
Voilà milord... ah ! s'il m'était possible !...

M. BONFIL, *d'un ton concentré.*
Si je péris, ce sera la faute d'une épouse adorée, et je périrai par la main d'un ami.

PAMÉLA, *avance la tête pour entendre.*
Que dit-il ?... je ne puis entendre...

M. BONFIL, *chargeant.*
Que de remords pour eux !

PAMÉLA.
Si j'osais lui parler !

M. BONFIL.
Quant à moi je ne souffrirai plus.

PAMÉLA, *d'une voix faible.*
Milord !...

M. BONFIL, *sans la regarder.*
Qu'est-ce ?

PAMELA, *tremblante.*
C'est Paméla.

M. BONFIL, *troublé et avec colère.*
Quoi ! c'est vous !...

PAMÉLA.
Votre agitation m'inquiète et...

M. BONFIL, *avec une ironie amère.*
Ah !... je vous rends grace de l'intérêt que vous daignez prendre à moi.

PAMÉLA.

Puis-je vous vous demander pourquoi ces armes ?

M. BONFIL, *emporté malgré lui.*

Pourquoi ?... pourquoi ?... j'en ai besoin.

PAMÉLA.

Allez-vous faire un voyage ?

M. BONFIL, *concentré.*

Oui... oui.

PAMÉLA.

Bien long ?

M. BONFIL.

Il pourra l'être.

PAMÉLA.

Vous accompagnerai-je ?

M. BONFIL.

Non... non.

PAMÉLA.

Allez-vous dans le comté de Dévonshire ?

M. BONFIL.

Que vous importe ?

PAMÉLA.

Ce qu'il m'inporte ? douteriez-vous de...

M. BONFIL.

Je ne doute plus de rien.

PAMÉLA, *en pleurant.*

Ah ! milord, vous me croyez coupable et vous m'abandonnez !... injuste époux !

M. BONFIL.

Injuste époux... moi !

PAMÉLA.

Si vous ne l'étiez pas, refuseriez-vous d'entendre ma justification ?

M. BONFIL.

Votre justification !

PAMÉLA, *vivement.*

Apprenez que milord Arthur...

M. BONFIL., *au comble de la fureur.*

Vous osez prononcer ce nom devant moi ! cruelle ! vous faites-vous un jeu de me désespérer ? peut-être croyez-vous, connaissant la violence de mon caractère, me porter à des excès qui... mais, non : le mépris que m'inspire votre trahison me rend maître de tous mes transports... je me contiendrai. (*il fait quelques pas pour sortir.*)

PAMÉLA.

Vous me quittez ?

M. BONFIL.

Et pour long-tems peut-être !

PAMÉLA.

Milord !

M. BONFIL, *douloureusement.*

Oubliez-moi... oubliez mes bienfaits... mon amour... j'ai reçu la récompense de ce que j'ai fait pour vous... adieu, Paméla.

PAMÉLA, *éplorée.*

Adieu

M. BONFIL, *au désespoir.*

Oui ; c'est le dernier que vous recevrez de moi.

SCENE XVI.

LES PRÉCÉDENS, ISAC, ensuite Milord ARTHUR.

ISAC.

Voilà milord.

M. BONFIL.

Qu'il entre.

M. ARTHUR.

Je me rends à votre invitation.

PAMÉLA, *vivement à milord Arthur.*

Ah ! milord !

M. BONFIL, *l'interrompant.*

Miladi, passez dans un autre appartement.

PAMÉLA.

Mais si vous vouliez...

M. BONFIL.

Ayez pour moi cette complaisance.

PAMÉLA, *en s'en allant.*

Je suis perdue.

SCENE XVII.

Milord BONFIL, Milord ARTHUR.

M. BONFIL, *furieux.*

Nous voilà seuls.

M. ARTHUR.

Qu'avez-vous à me dire ?

M. BONFIL.

Ce que j'ai !... ce que j'ai !... vous ne le présumez pas ?

M. ARTHUR.

Vous paraissez agité ! miladi est dans la douleur !.. quelle en est donc la cause ?

M. BONFIL.

Vous en demandez la cause ?

M. ARTHUR.

Vos traits sont altérés... vous serait-il arrivé quelque malheur ?

M. BONFIL.

Oui , le plus grand de tous.

M. ARTHUR.

Ah ! ma fortune...

M. BONFIL.

Je n'en ai pas besoin.

M. ARTHUR.

Mon sang , ma vie...

M. BONFIL.

C'est ce que je demande.

M. ARTHUR, *après un silence.*

Quel est donc ce langage ?

M. BONFIL.

C'est celui du plus malheureux des hommes.

M. ARTHUR.

Et qui cause votre tourment ?

M. BONFIL.

Un ami.

M. ARTHUR.

Son nom ?

M. BONFIL.

Le vôtre.

M. ARTHUR.

Je suis interdit.

M. BONFIL.

Vous devez l'être.

M. ARTHUR.

Bonfil !

M. BONFIL.

Il n'est plus tems de feindre ; tout est connu ; l'outrage est au comble , j'en ai la preuve , et vous m'en devez la réparation.

M. ARTHUR.

Pour la dernière fois, Bonfil, expliquez-vous... j'ai déjà trop souffert.

M. BONFIL.

Ingrat ami!

M. ARTHUR.

Point de mots; des faits.

M. BONFIL.

Paméla...

M. ARTHUR.

Eh bien?

M. BONFIL.

Etait le modèle des épouses.

M. ARTHUR.

Achevez.

M. BONFIL.

Et vous l'en avez rendu l'opprobre.

M. ARTHUR.

Moi?

M. BONFIL.

Vous savez tout.

M. ARTHUR, *noblement et froidement.*

Bonfil, croyez-vous à l'amitié.

M. BONFIL.

Oui, quand elle n'est pas combattue par l'amour.

M. ARTHUR.

A l'honneur?

M. BONFIL.

J'y croyais.

M. ARTHUR.

Connaissez-vous, depuis mon enfance (car nous ne nous sommes pas quittés), à la cour, à l'armée, dans toute ma vie enfin, quelqu'action qui puisse me déshonorer?

M. BONFIL.

Non; je vous connaissais pour un homme de bien... mais aveuglé par une passion insensée... vous êtes devenu le plus...

M. ARTHUR.

Ecoutez-moi, et ne m'insultez pas. En vous unissant à Paméla vous crûtes faire votre bonheur, et mon dessein n'était pas de le détruire. Eh! qui l'oserait? la vertu de Paméla, en inspirant le respect, imposerait le plus profond silence à l'homme le plus pervers. Je sais qu'il est des monstres, qui se font un triomphe de porter le déshonneur au sein d'une famille respectable, qui font une étude approfondie de l'art affreux de tromper et de séduire ; point de grace pour ces ennemis des mœurs : qu'ils soient démasqués , flétris par l'opinion, publique puisqu'on n'a point fait de lois qui puissent les atteindre et les punir.

M. BONFIL.

Ah ! que n'agit-on comme on parle ?

M. ARTHUR.

Me feriez-vous l'injure de me confondre avec ces vils fléaux de la société ?

M. BONFIL.

En élevant la voix contre eux , vous avez prononcé votre condamnation.

M. ARTHUR.

Qui les blâme ne peut les imiter.

M. BONFIL.

Qui , comme vous , les imite , est le plus vil des hommes.

M. ARTHUR.

Quel outrage !

M. BONFIL.

Il est égal à l'offense.

M. ARTHUR.

Cette offense est une supposition terrible.

M. BONFIL.

Non, c'est une vérité incontestable : votre correspondance avec Paméla, vos entretiens secrets...

M. ARTHUR.

Voulez-vous en apprendre la cause ?

M. BONFIL.

Je ne l'ignore pas.

M. ARTHUR.

Voulez-vous entendre la vérité ?

M. BONFIL.

La vérité dans la bouche d'un lâche séducteur !

M. ARTHUR.

Je me tais.

M. BONFIL, *lui présentant deux pistolets.*

Choisissez...

M. ARTHUR, *prenant un pistolet.*

J'accepte.

M. BONFIL.

Sortons.

(*Ladi Daure ouvre la porte du fond et paraît.*)

Paméla mariée.   D

SCENE XVIII.

LES PRÉCÉDENS, Ladi DAURE.

L. DAURE, *à milord Arthur.*

Vous ici, milord !

M. ARTHUR.

Soyez tranquille, madame : vous ne m'y reverrez peut-être jamais. (*il sort.*)

L. DAURE.

C'est un faux ami, et vous avez bien fait de lui interdire l'entrée de votre maison.

M. BONFIL, *troublé.*

Oui, je devais... Ma sœur, faites savoir mes volontés à Paméla. Je vais vous l'envoyer.　　　　(*il sort.*)

SCENE XIX.

Ladi DAURE, *seule.*

Enfin il a suivi mes conseils... cet évènement l'éclaire... Moi-même, en la détestant, j'admirais Paméla, et, sans cette lettre qui explique sa conduite, je n'aurais pu penser... La surprise du ministre est égale à la mienne; mais il s'est rendu à mes raisons... Paméla paraît ; il faut la déterminer à finir sans éclat.

SCENE XX.

Ladi DAURE, PAMÉLA, Mad. JEFFRE.

Mad. JEFFRE, *à Paméla.*

Voilà miladi ; allons, de la fermeté, défendez-vous, votre père va venir.

L. DAURE.

Approchez, Paméla. Madame Jeffre voudra bien se retirer. (*madame Jeffre sort.*)

PAMÉLA.

O! ma sœur !

L. DAURE, *d'un ton impérieux tout le long de cette scène.*
Je suis ladi Daure.

PAMÉLA.

Pardon... je me suis trompée.

L. DAURE.

Je vous ai fait demander ; mais je n'ai rien que d'affligeant à vous apprendre.

PAMÉLA.

Je l'ai prévu.

L. DAURE.

D'après ce qui s'est passé, prévoyez-vous aussi le sort qui vous attend ?

PAMÉLA.

Je l'attends sans le redouter.

L. DAURE.

Cependant vous avez tout lieu de craindre...

PAMÉLA.

Rien, madame.. non... je ne crains rien.

L. DAURE.

Quel calme !

PAMÉLA.

C'est celui de l'innocence.

L. DAULE.

Apprenez que milord Bonfil...

PAMÉLA.

Mon époux ?

L. DAURE.

Bientôt vous ne pourrez plus l'appeler ainsi.

PAMÉLA.

Oh ! toujours... toujours... et jusqu'à mon dernier soupir.

L. DAURE.

Il m'a chargé de vous faire part de ses intentions.

PAMÉLA.

Quelles sont-elles ?

L. DAURE.

Il gémit de la nécessité que lui impose la loi de faire casser votre mariage.

PAMÉLA.

Ciel !

L. DAURE.

Mais il le doit et le veut.

PAMÉLA, anéantie.

Il le veut !

L. DAURE.

Aujourd'hui même, il faut vous préparer à sortir de ces lieux.

PAMÉLA.

Mon époux voudrait !...

L. DAURE.

Ce soir, vous signerez l'acte de votre séparation.

*(A commencer d'ici les artistes animeront le dialogue par dé-
gré et mèneront la scène très-vivement.)*

PAMÉLA.

Moi ?

L. DAURE.

Il l'exige.

PAMÉLA.

Moi , signer un acte de divorce... j'en frémis... et vous ne
m'en croyez pas capable.

L. DAURE.

Il le faut.

PAMÉLA.

Jamais... je ne le signerais pas même sur le bord du tombeau.

L. DAURE.

Milord a le droit de vous y contraindre.

PAMÉLA.

Qui peut le lui donner ?

L. DAURE.

Une faute impardonnable... qui...

PAMÉLA.

On la suppose... mais vous n'y croyez pas.

L. DARRE.

On a des preuves.

PAMÉLA.

Imaginaires.

L. DAURE.

Réelles.

PAMÉLA.

C'est impossible.

L. DAURE.

On vous accuse.

PAMÉLA, *avec dignité.*

Oui ; mais je ne suis pas jugée.

L. DAURE.

Craignez de l'être.

PAMÉLA.

Loin de le craindre , je le demande.

L. DAURE.

Croyez-moi , évitez un éclat dont la honte rejaillira sur
vous.

PAMÉLA.

La honte sera pour mes accusateurs.

L. DAURE.

Ils sauront soutenir ce qu'ils ont avancé.

PAMÉLA.

Vous vous plaisez, madame, à verser le poison dans le sein de votre victime.

L. DAURE.

Paméla !

PAMÉLA.

Vous jouissez de mes tourmens ! je devrais trouver en vous une sœur, une amie, et, loin de compâtir à mes maux, de les soulager, de me tendre une main secourable ; vous me montrez l'abime qui doit m'engloutir, et vous faites tous vos efforts pour m'y précipiter.

L. DAURE.

Téméraire ! savez-vous à qui vous parlez ?

PAMÉLA, *avec force.*

A mon ennemie ! (*transition.*) à celle que je respectai, que j'aurais voulu chérir et qui n'a rien négligé pour troubler mon bonheur. (*douloureusement.*) Vous me l'aviez bien dit que les jours qui suivraient celui de mon hymen ne seraient pas les plus beaux de ma vie ! C'est contre votre gré que je le formai, cet hymen, et vous avez résolu de vous en venger. Pour y parvenir, rien ne vous coûte, rien ne vous arrête ; mais j'entreprendrai tout pour me justifier ; on peut me sacrifier à l'orgueil, me réduire à l'état le plus déplorable, m'arracher le cœur de mon époux ; mais son estime !... mais me couvrir d'infamie par un honteux divorce ! Jamais... jamais : je demanderai justice et je l'obtiendrai.

L. DAURE.

On saura vous la rendre.

PAMÉLA, *avec la plus grande énergie.*

N'en doutez pas ; je puis perdre la fortune, un rang illustre sans m'en plaindre, ni les regretter ; mais l'honneur, c'est envain que l'on prétend me le ravir : je me défendrai, j'éleverai la voix dans tous les tribunaux contre l'imposture et la calomnie ; ma cause sera celle de toutes les épouses infortunées ; je la plaiderai avec l'énergie que donne la vertu ; forte de mon innocence, je combattrai mes accusateurs ; on lira sur leurs fronts le reproche de leur conscience ; ils pâliront devant le flambeau de la vérité ; ils ne peuvent m'accuser que sur des soupçons ; je donnerai des preuves, je convaincrai, j'attendrirai tous les cœurs, je regagnerai celui de mon époux ; je triompherai, et,... je pardonnerai... ce sera ma seule vengeance.

L. DAURE.

Votre présomption vous aveugle, vous perd, et vous pou-vez vous attendre...

Mad. JEFFRE, *en dehors.*

Madame ! madame !

PAMÉLA.

Quels sont ces cris ?

SCENE XXI.

LES PRÉCÉDENS, Mad. JEFFRE.

Mad. JEFFRE, *entrant et pouvant à peine respirer.*
Ah ! mesdames, que faites-vous ici !

PAMÉLA.
Qu'avez-vous, madame Jeffre ?

L. DAURE.
Que venez-vous nous apprendre ?

Mad. JEFFRE.
Votre époux !

PAMÉLA.
Eh bien ! mon époux ?

Mad. JEFFRE.
Avec milord Arthur...

PAMÉLA.
Achevez donc.

Mad. JEFFRE.
Va se battre au pistolet dans le jardin.

PAMÉLA.
Ah ! grand dieu !

L. DAURE, *à Paméla, avec force et indign*
C'est vous qui êtes la cause...

PAMÉLA, *au désespoir.*

Je cours me jetter entre leurs armes, et périr *ur les sau-*ver. (*Elle court vers la porte du fond ; deux coups de pisto-lets partent à la fois ; elle jette un grand cri :*) Ah ! (*elle reste immobile, tremblante, et tombe dans les bras de madame Jef-fre en disant :*) Je me meurs ! (*Madame Jeffre la conduit sur un fauteuil.*)

L. DAURE, *avec fureur.*

Malheureuse !... maudit soit l'instant où mon frère devint votre époux !

PAMÉLA, *abîmée dans la douleur.*
Ah ! dieu !

L. DAURE.

Vous lui coûterez le bonheur et la vie !

Mad. JEFFRE.

Eh ! madame, voyez son état et ne redoublez point ses maux.

L. DAURE.

Les nôtres sont peut-être irréparables !...Volons au secours de Bonfil. (*elle va pour sortir.*)

SCENE XXI.

LES PRÉCÉDENS, ERNOLD, ensuite LE COMTE.

ERNOLD.

Où courez-vous, ma tante ?

L. DAURE.

Ernold, que s'est-il passé ?

ERNOLD.

Oh ! c'est une aventure étrange, et, dans l'Europe entière, on n'a jamais vu pareil combat.

L. DAURE.

Avez-vous été témoin de ce duel ?

ERNOLD.

Témoin ? partie.

L. DAURE.

Vous redoublez mon inquiétude, je vous ordonne de la faire cesser.

ERNOLD.

Je vais vous conter cela. Cet Arthur est un diable avec son sang-froid.

L. DAURE.

Au fait.

PAMÉLA, *à part.*

Je tremble.

ERNOLD.

M'y voici. Je me promenais dans le jardin en attendant Bonfil ; je le vois paraître avec Arthur, ils avaient l'air furieux ! Bonfil me dit : « Je vous trouve à propos, vous pourrez nous servir. » — « Et monsieur, à son tour, ajoute Arthur, me fera raison de ses propos de ce matin et de ses injustes dénonciations. » — « Milord, ce que j'ai dit est vrai. » — « Nous verrons si vous le soutiendrez. » — « Toujours. » — Ensuite s'adressant à Bonfil. — « A vous, milord, me voilà, commencez. » — Bonfil ne veut point de préférence et l'on

convient de tirer ensemble. On se met à six pas de distance,
on arme, je donne le signal, et les coups partent.

L. DAURE.

Qui donc a été blessé ?

ERNOLD.

Bah ! blessé !

L. DAURE.

Mort ?

PAMÉLA, *à part.*

Ciel !

ERNOLD.

Non, personne n'a été touché.

PAMÉLA, *à genoux et soutenue par madame Jeffre.*

O ! mon dieu ! je te remercie.

ERNOLD.

Ah ! voilà le plus intéressant : ceci me regarde ; Arthur s'approche de Bonfil, lui donne un nouveau rendez-vous et me dit:
« A vous, monsieur. » — Je suis brave, moi, et j'accepte
la partie.—« Quelles armes choisit milord ? —« Vous avez votre épée, vous savez sans doute vous en servir ? — « Comme
un français. » — « Défendez-vous. » — Aussitôt dit, aussitôt fait : nous nous mettons en garde, nous croisons le fer,
il m'attaque, je pare, je riposte, il me serre, je tends, il
marque une, deux, je ramasse d'un contre de quarte sec,
et son épée vole en éclat. C'est beau, n'est-ce pas ma tante ?

L. DAURE.

Enfin ?

ERNOLD.

Enfin, on s'est battu, on a fait des prodiges de valeur...
et tout le monde se porte bien

L. DAURE.

Où donc est mon frère ?

ERNOLD.

Dans son cabinet, où il s'abandonne à la douleur.

L. DAURE.

Nous lui devons nos secours, il ne faut pas le laisser à lui-
même. (*ici le comte paraît.*) Vous voyez, madame, tous les
maux qu'un moment d'erreur peut produire... Il est des fautes
que le repentir et les larmes ne peuvent effacer.

LE COMTE, *avec fermeté.*

Qu'entends-je ?... miladi, est-ce à Paméla que s'adressent[t]
ces paroles ?

L. DAURE, *avec hauteur.*

Je n'ai rien à vous dire... interrogez madame.

ERNOLD

Oui , elle pourra vous expliquer..

L. DAURE.

Ernold , suivez-moi

SCENE XXIII.

PAMELA, LE COMTE.

(Paméla se lève ; le Comte la regarde un moment sans parler.)

LE COMTE, *d'un air noble et sévère.*

Êtes-vous coupable ?

PAMÉLA.

Moi ?

LE COMTE.

Répondez.

PAMÉLA.

Non , je ne la suis pas.

LE COMTE, *avec bonté et lui prenant la main.*

Paméla , je te crois.

PAMÉLA , *s'élançant dans les bras de son père.*

Ah ! voilà ma seule consolation.

LE COMTE.

Chère enfant ! et pourquoi m'avoir caché tes peines ?

PAMÉLA.

N'aviez-vous pas assez de vos malheurs sans que je vous accablasse des miens?... O ! mon père ! on me traite bien cruellement.

LE COMTE.

Je le sais , la bonne Jeffre m'a tout dit. Veux-tu suivre mes conseils ?

PAMÉLA.

N'en doutez pas.

LE COMTE.

Abandonne les grandeurs , les richesses et fuyons nos persécuteurs.

PAMÉLA.

Moi fuir , quand je suis innocente !

LE COMTE.

Il faut te soustraire à l'injustice.

PAMÉLA , *avec énergie.*

Non , je dois en triompher.

LE COMTE.

Tes ennemis t'accuseront

PAMÉLA.

Je tâcherai de les fléchir.

LE COMTE.

Et s'ils persistent ?

PAMÉLA.

Je les confondrai.

LE COMTE.

Voilà le langage de l'innocence ! il n'y a pas un moment à perdre ; ton mariage ne peut être dissous sans l'aveu du ministre, il faut lui porter plainte, dévoiler l'erreur et demander justice.

PAMÉLA.

Tel est mon dessein ; mais hélas ! mon époux est mon adversaire ; milord Arthur est injustement soupçonné... Qui sera mon appui ? qui sera mon défenseur ?

LE COMTE.

Moi, ma fille, moi ; j'irai me jetter aux pieds du ministre et mes larmes, mes prières...

PAMÉLA.

Ah ! mon père, oubliez-vous que l'on vous poursuit encore comme rebelle, que votre arrêt est prononcé, et qu'au moment d'obtenir votre grace, vous pourriez trouver le trépas.

LE COMTE, *avec chaleur.*

Il s'agit de l'honneur, que m'importe la vie ? O ! ma fille ! tout le monde t'abandonne et te persécutent ; mais ton père te reste, c'est un ami sûr qui ne calculera point ce qu'il doit lui en coûter pour te servir. Le péril qui me menace ne saurait m'épouvanter, ni me retenir : au prix de mon sang j'établirai ton innocence ; si je réussis, je meurs content ; que ma Paméla soit heureuse, c'est le cri de mon cœur ; je me sacrifierai sans regret pour soutenir la cause de la nature et de la vertu.

PAMÉLA.

Ah ! laissez-moi périr, s'il le faut, et conservez vos jours.

LE COMTE, *avec force.*

Coupable, je t'eusse punie moi-même ; vertueuse, je dois te défendre : c'est le devoir d'un père, et je cours le remplir.

PAMÉLA.

Vous exposez vos jours !

LE COMTE.

Je ne vois que ton danger.

PAMÉLA.

Mon père, j'embrasse vos genoux : au nom du ciel, demeurez, demeurez!

LE COMTE, *vivement et la relevant.*

Ma fille, ne vous opposez point au seul parti que je dois
prendre, et que votre gloire exige impérieusement. Levez-
vous et ne me retenez plus. (*il fait quelques pas pour sortir.*)

PAMÉLA, *court après lui, le prend dans ses bras, et dit avec
force.*

Non, je ne souffrirai pas...

LE COMTE.

Paméla... embrasse-moi... (*il l'embrasse.*) reçois la bé-
nédiction de ton père,... qu'elle te console et te soutienne...
Si tu me perds, le ciel qui n'abandonne pas l'innocence, sera
ton protecteur. Adieu ; adieu, ma chère Paméla.

PAMÉLA.

O! mon père! si je vous perds, je ne pourrai vous survivre.

LE COMTE, *avec la plus grande force.*

Eh bien, tu ne mourras pas déshonorée.   (*il sort.*)

PAMÉLA, *s'avance sur le bord de la scène en élevant les bras
vers le ciel.*

O! mon dieu! veillez sur les jours de mon père et rendez-
moi le cœur de mon époux.

Fin du second Acte.

ACTE III.

SCENE PREMIERE.

Milord BONFIL, *seul, entrant avec la plus grande agitation.*

NON, je n'ai jamais éprouvé les tourmens qui me déchirent. Ah ! qu'il aurait mieux valu cent fois qu'Arthur m'eut arraché la vie ! — Je me suis déterminé à prendre un parti sévère, contre celle que j'ai tant aimée... que j'aime encore malgré moi... Le ministre a reçu la plainte, et M. de Mayer va se rendre ici pour interroger... Quel terrible moment !... Paméla, quelle douleur pour votre père !... En me séparant d'elle, je dois tout tenter pour faire rendre au comte son honneur et sa liberté. Je prévois trop quel coup douloureux je vais porter au cœur de ce respectable vieillard, en lui apprenant le destin malheureux de sa fille, et...

SCENE II.

Milord BONFIL., ISAC.

ISAC.

Le comte d'Auspingh.

M. BONFIL, *à part.*

Ciel ! (*haut.*) Faites entrer, et retirez-vous.

(*Isac fait signe au Comte d'entrer, et sort.*)

SCENE III.

Milord BONFIL, LE COMTE.

M. BONFIL.

Mon père ! (*il porte la main sur son front.*)

LE COMTE, *d'un ton bas et pénétré.*

Ne me donnez plus ce titre ; désormais, je ne dois plus le porter.

M. BONFIL, *douloureusement.*

Ah ! mon cœur vous l'avait donné.

LE COMTE.

Et votre cruauté me le retire.

M. BONFIL.

Dites celle de Paméla.

LE COMTE.

Non ; Paméla n'a pu se rendre indigne de mon nom et de celui de ses ancêtres.

M. BONFIL.

Mais, les preuves...

LE COMTE, *d'un ton ferme.*

N'existent que dans votre jalousie et dans la haine de ses ennemis.

M. BONFIL, *vivement.*

Ses ennemis ; où sont-ils ?

LE COMTE.

Dans votre famille : ils ne vous pardonneront point l'élévation d'une infortunée... il ne la lui pardonneront pas à elle-même.

M. BONFIL, *à voix basse et en baissant les yeux.*

Vous savez ma résolution ?

LE COMTE.

Je suis instruit de celle que l'on vous a fait prendre.

M. BONFIL, *étonné.*

Comment ?

LE COMTE.

Vous voulez flétrir celle que votre cœur adore ?... Cela ne vient pas de vous.

M. BONFIL, *troublé et balbutiant.*

Je puis vous assurer...

LE COMTE, *avec force.*

Cela ne vient pas de vous, je le répète et l'affirme.

M. BONFIL.

Mais...

LE COMTE.

Il est des méchans qui méprisent la vertu, et qui se font un jeu de la persécuter.

M. BONFIL.

Ne me taxez point de faiblesse et de crédulité : rien ne peut me détourner du parti que je suis forcé de prendre.

LE COMTE, *avec la plus grande expression.*

Quoi ! sur une dénonciation que vous devriez mépriser, si vous estimiez votre épouse et votre ami, vous les accusez. Combien n'a-t-on pas vu d'époux désunis par des êtres envieux, intéressés, qui ne se plaisent qu'à détruire leur bonheur ! Prenez-y garde, milord : vous êtes entouré de ces monstres perfides ; ils vous conduisent dans le précipice, et vous ne vous en apperçevez pas. Réfléchissez ; arrêtez-vous, il en est tems encore. Paméla vous aime ; Paméla donnerait sa vie pour conserver la vôtre : elle voit en vous son ami, son bienfaiteur ; sa conduite est sans reproches ; on ne peut lui trouver des torts, on lui en suppose ; vous croyez ces inculpations odieuses, et vous implorez les lois, pour punir un délit imaginaire. (*avec la plus grande force.*) Le divorce fut-il créé pour briser, au gré du caprice, les liens les plus solemnels de la société ? Non ; qu'il frappe sans pitié ces époux, que l'ambition unit et que le crime sépare ; voilà son digne emploi ; mais, requérir sa force, pour autoriser une injuste vengeance, pour être l'appui de la calomnie, pour opprimer l'innocence ; c'est manquer à l'honneur ; c'est abuser de la loi, pour se déclarer le persécuteur de la vertu.

M. B O N F I L, *tire son mouchoir et le porte sur ses yeux.*

Ah ! mon père !... mon père !!

L E C O M T E, *avec la plus grande sensibilité.*

Vous pleurez, Bonfil ! la vérité aurait-elle lui au fond de votre cœur ? laissez-vous donc fléchir ; entendez la voix d'un ami qui vous demande la grace de sa fille innocente, que l'on vous fait persécuter injustement. Si vous croyez Paméla coupable, punissez ; mais, ne punissez pas sans preuves. Votre injustice lui coûtera la vie ; je ne vous parle pas de la mienne, le terme en sera toujours trop éloigné. (*en le pressant dans ses bras.*) Mon fils ! mon ami ! ayez compassion de ma vieillesse : depuis quarante ans, ma tête est dévouée au malheur et à la proscription ; je n'ai plus que quelques momens à vivre, ne les empoisonnez pas ; ne me faites pas descendre au tombeau, accablé de honte et d'amertume. Si Paméla n'est plus digne de vous ; abandonnez-là ; fixez le lieu de son exil : à l'instant je quitte ma patrie ; je l'emmène, s'il le faut, au bout de l'univers : elle ne portera plus votre nom ; si votre cœur le lui défend, qu'avez-vous besoin que les lois le lui ordonnent ? Milord, voyez les pleurs d'un père, écoutez le cri de la pitié... Rendez-moi, rendez-moi mon enfant, et ne la déshonorez pas. (*il se jette aux pieds de Bonfil.*)

M. B O N F I L, *à part.*

Non, je n'y résiste plus. (*haut.*) Comte, levez-vous... Je ne puis vous rien promettre... il faut...

L E C O M T E.

Que tout s'accomplisse ? J'en doutais, j'ai voulu le savoir de vous-même avant d'agir. Vous avez pris votre parti, je dois prendre le mien. Votre cœur ne vous dit plus rien pour votre respectable et malheureuse épouse ; la calomnie a plus d'empire sur vous que la vertu... Vous cédez à l'erreur... craignez la vérité ; elle vous prépare bien des remords. Vous vou-

lez sacrifier Paméla, cela vous paraît facile : fille d'un père
proscrit, condamné, sans fortune, sans protecteur (car vous
seul deviez être le mien... et... je ne vous ferai point de reproches.) On se croit tout permis envers elle ; tout le monde
se réunit pour l'accabler... tout, jusqu'à son époux... Mais,
je puis me perdre pour la sauver, et j'y cours. Adieu, milord.

M. BONFIL.

Où allez-vous ?

LE COMTE.

Où l'honneur m'appelle ?

M. BONFIL.

Mon père !

LE COMTE, avec force et noblesse.

Vous me rendrez ce nom, quand vous vous honorerez d'être
l'époux de Paméla.   (*il sort vivement.*)

SCENE IV.

Milord BONFIL, *seul.*

Que va-t-il entreprendre ! — Ah ! père infortuné !... Il
veut quitter l'Angleterre... et moi aussi, je fuirai ma patrie. — Je ne pourrais vivre dans un séjour qui me rappel-
lerait sans cesse... Mais, Paméla délaissée, que deviendra-
t-elle ?... quelle sera sa destinée ?... Bonfil, peux-tu le demander ? abandonneras-tu aux horreurs de l'indigence, celle
qui fut ton épouse ? Oh ! non... non... elle me donne la mort,
je dois assurer son existence. Allons faire dresser un acte
qui atteste... (*Paméla paraît.*)

SCENE V.

Milord BONFIL, PAMÉLA.

M. BONFIL.

Que vois-je ?

PAMÉLA.

Une malheureuse épouse, qui vient implorer votre justice
et votre pitié.

M. BONFIL.

Ma pitié !... Comptez sur ma justice.

PAMÉLA.

Ladi Daure vient de m'ordonner de sortir de votre hôtel.

M. BONFIL, d'un ton étouffé.

Oui... oui... il le faut.

PAMÉLA.

Ainsi, mon époux m'abandonne ?

M. BONFIL.

On vous fera savoir le lieu de votre retraite.

PAMÉLA, *d'un ton étouffé, disant lentement, et dans un espèce de délire sans explosion.*

Ma retraite !... ma retraite ! j'en choisirai une... qui me mettra à l'abri... de la calomnie... du malheur... où, dans une tranquilité parfaite... je trouverai la fin de mes maux.

M. BONFIL, *à part.*

Et les miens ne finiront qu'avec ma vie.

PAMÉLA, *continuant.*

Ce soir... je quitterai ces lieux... accablée de l'inimitié de mon époux... chargée de honte... déshonorée peut-être... mais le ciel sait si je l'ai mérité !... je suivrai vos ordres... je partirai... bien malheureuse !... mais sans remords... Haïe... méprisée de tous ceux qui me sont chers... je ne trouverai de consolation que dans l'estime de moi-même... c'est l'unique bien qu'on n'a pu me ravir... Tous les cœurs sont fermés pour moi... il ne me reste plus que celui de mon père.

M. BONFIL, *vivement.*

Et celui...

PAMÉLA, *vivement.*

Milord ?

M. BONFIL.

C'en est assez.

PAMÉLA.

Vous me refusez tous les moyens de me justifier ?

M. BONFIL, *lui lançant un regard terrible.*

Vous justifier !...

PAMÉLA.

Vos regards me font trembler !

M. BONFIL.

Perfide !

PAMÉLA.

Vous me glacez d'effroi !

M. BONFIL.

Terminons un entretien qui me tue... Je vous rends à vous-même... Il faut briser des liens bien chers... et bien douloureux... J'ai voulu faire votre bonheur, et vous avez détruit le mien : — Mais les reproches sont inutiles ; il faut nous séparer.

PAMÉLA.

Nous séparer !

M. BONFIL.

C'en est assez... je me contiens à peine... N'irritez point
ma colère... ne redoublez point mes tourmens... Allez, fuyez
un malheureux à qui vous ne laissez que le désespoir et la
douleur. (*il se jette dans un fauteuil.*)

PAMÉLA, *en pleurant.*

Notre séparation sera donc éternelle ?

M. BONFIL.

Oui... éternelle !

PAMÉLA.

Un jour, vous plaindrez votre pauvre Paméla.

M. BONFIL.

Laissez-moi... laissez-moi...

PAMÉLA.

Quoi ! je ne vous reverrai jamais ?

M. BONFIL.

Jamais... jamais.

PAMÉLA.

Je vous retrouverai toujours dans mon cœur.

M. BONFIL, *à part.*

Ah ! que ne puis-je l'arracher du mien !

PAMÉLA, *à part.*

Des pleurs innondent son visage ; rien ne doit me coûter
pour le fléchir. (*elle s'approche du fauteuil de Bonfil et se met
à genoux.*) Milord !

M. BONFIL, *se retourne, et voit Paméla à ses pieds.*

Grand dieu !

PAMÉLA, *lui tendant les bras.*

Cher époux !

M. BONFIL, *hors de lui.*

Moi, votre époux ! femme indigne de mon amour ! — Retirez-vous... retirez-vous.

PAMÉLA, *mourante, et ne pouvant se relever.*

Je n'ai pas la force...

M. BONFIL.

(*Il la prend par la main, sans la regarder, et la relève. Paméla colle ses lèvres sur sa main ; il éprouve un frémis-
sement par tout son corps.*)
Que faites-vous ?

PAMÉLA.

C'est mon dernier adieu. Je sors... Je vous obéis... Vivez
heureux... Moi, je n'aurai pas long-tems à souffrir.

Paméla mariée.   E

(Elle s'en va, en s'appuyant sur plusieurs fauteuils, s'ar-
rête à la porte du fond, regarde Bonfil, porte son mouchoir
sur son front et sort désolée.)

SCENE VI.

Milord BONFIL, *seul.*

Ses larmes perfides ont coulé sur ma main... et mon cœur...
et mon cœur !... Ah ! qu'il est cruel d'être obligé de punir ce
qu'on aime ! *(il s'appuie la tête sur le dos d'un fauteuil.)*

SCENE VII.

Milord BONFIL, ISAC.

ISAC, *, en pleurant.*

Monsieur de Mayer.

M. BONFIL.

Oui... je l'ai résolu, je m'en séparerai.

ISAC.

Milord.

M. BONFIL.

Quoi ?

ISAC.

L'envoyé du ministre.

M. BONFIL.

Eh bien ?

ISAC, *pleurant plus fort.*

Il est là.

M. BONFIL.

Qu'avez-vous ?

ISAC.

Rien, milord.

M. BONFIL.

Je veux savoir...

ISAC.

J'ai vu pleurer notre bonne maîtresse... Pardonnez... je ne
puis m'empêcher...

M. BONFIL.

Allez, et faites entrer M. Mayer.

ISAC.

Oui, milord. *(en s'en allant.*) Il faut qu'il ait un cœur
de marbre.

SCENE VIII.

Milord BONFIL, M. DE MAYER.

M. DE MAYER.

Milord, je vous salue. Le grand chancelier m'envoie auprès de vous.

M. BONFIL.

Qu'avez-vous à m'ordonner de sa part ?

M. DE MAYER, *avec la plus grande noblesse*:

Informé de ce qui s'est passé, entre vous et votre épouse ; il sait que vous la croyez coupable, que vous voulez intenter un divorce, et qu'elle proteste de son innocence. Le ministre, qui aime, qui respecte votre maison, et qui desire sur tout de protéger votre honneur, vous conseille, par mon organe, de faire d'abord un examen particulier de cette affaire, avant de la divulguer. Il m'a conféré le pouvoir d'en dresser sommairement le procès-verbal, sur le simple exposé des personnes informées, et par la confrontation de l'accusée. Faites venir votre épouse : que miladi Daure et le chevalier Ernold paraissent aussi. On sait qu'ils ont les premiers éveillé vos soupçons. Reposez-vous sur moi du soin de faire sortir la clarté du milieu même de la confusion, et de séparer l'erreur de la vérité. Si votre épouse est coupable, sa faute deviendra publique, ainsi que l'arrêt qui la condamnera. Innocente, vous retrouverez la paix de votre ame, sans avoir hasardé votre réputation. Voilà ce que pense un sage ministre, et ce que doit faire un honnête gentilhomme comme vous.

(*Milord Bonfil tire un cordon de sonnette, Isac entre.*)

ISAC.

Milord ?

M. BONFIL.

Faites entrer miladi Daure et le le chevalier Ernold. Dites à Paméla et à madame Jeffre de se rendre ici. (*Isac sort.*)

M. DE MAYER.

Milord, vous n'êtes point l'ennemi de votre épouse ?

M. BONFIL.

Moi ?... ah ! je l'aimai tendrement, et si l'infidélité n'avait pas dégradé son cœur...

M. DE MAYER.

Cela n'est point encore prouvé.

SCENE IX.

Les précédens, et successivement L. DAURE, ERNOLD, PAMÉLA et Mad. JEFFRE, ISAC, *est rentré pour donner les fauteuils.*

L. DAURE.

Mon frère, me voilà.

ERNOLD.

Qu'avons-nous donc à faire ici ? Quel est ce monsieur ?

M. BONFIL, *noblement.*

Monsieur représente ici le grand chancelier d'Angleterre.

PAMÉLA, *soutenue par madame Jeffre.*

Milord, je me rends à vos ordres.

M. BONFIL, *à Paméla.*

Asseyez-vous. M. de Mayer, miladi, et vous, chevalier, prenez place.

(Tout le monde s'assied. La table est à la droite de l'acteur. Ladi Daure et le chevalier Ernold s'asseyent à la droite de M. de Mayer. Bonfil est à sa gauche ; plus éloigné et du même côté est Paméla ; madame Jeffre et Isac, sont auprès d'elle.)

M. DE MAYER.

Je suis chargé d'examiner l'accusation portée contre madame.

PAMÉLA.

Monsieur, la calomnie m'attaque ; mais, je suis innocente.

M. DE MAYER, *avec douceur.*

Je ne puis vous permettre encore de vous justifier.

ERNOLD.

Gardez-vous d'ajouter foi à ses discours.

M. DE MAYER, *d'un ton sévère.*

De la circonspection dans les vôtres, monsieur : jusqu'à présent, madame a droit à des égards, et personne, devant moi, n'a celui de l'outrager. (*à Bonfil.*) Milord, quelle est la personne que vous soupçonnez de complicité avec votre épouse ?

M. BONFIL.

Milord Arthur.

M. DE MAYER.

Et sur quoi le croyez-vous ?

M. BONFIL.

Sur mille raisons.

M. DE MAYER.

Indiquez-moi la première.

M. BONFIL

Ernold, parlez.

ERNOLD, *d'un air important.*

Ecoutez, monsieur, écoutez bien. Un rendez-vous... une porte fermée... un tête-à-tête dans ce salon.

M. DE MAYER.

Un salon de compagnie n'est point un endroit suspect. Et qui les a surpris ensemble ?

ERNOLD.

Moi.

M. DEMAYER.

Que disaient-ils ?

ERNOLD.

Ma foi, je ne puis trop le savoir.

M. DE MAYER.

Cependant, quand on a l'indiscrétion d'écouter, on doit tout entendre.

ERNOLD.

Mais...

M. DE MAYER.

Et, quand il s'agit de faire punir, on ne doit point avoir de doute.

ERNOLD.

Tout ce que je sais, c'est qu'on m'a fait faire une demi-heure d'anti-chambre ; qu'on ne voulait pas me recevoir, et, qu'en me voyant entrer, malgré sa défense expresse, madame s'est fâchée, milord Arthur s'est emporté contre moi, et je regarde leur colère comme de forts indices du crime dont on l'accuse.

M. DEMAYER.

L'impatience d'attendre, l'orgueil blessé, le dépit d'avoir été mal reçu, tout cela peut vous la faire paraître telle. (*à ladi Daure.*) Et vous, madame, qu'avez-vous à dire ?

L. DAURE.

Je dirai que milord Arthur, depuis long-tems, a l'entière confiance de madame, et qu'il entre dans leurs projets que le divorce soit prononcé, pour s'unir ensemble.

M. DE MAYER.

Tous ces soupçons réunis, n'établissent pas une sémi-preuve. — Approchez, Isac... et vous aussi, madame Jeffre. — Isac, qu'avez-vous à dire de miladi ?

ISAC.

Du bien, voilà ma déposition.

M. DE MAYER.

Et madame Jeffre ?

Mad. JEFFRE.

Moi ? je ne lui connais pas un tort et pas un défaut.

M. BONFIL.

Finissons. Monsieur, donnez-vous la peine de lire cet écrit.
(il donne la lettre à M. de Mayer.)

M. DE MAYER, après l'avoir lue.

Madame, ce billet renferme de terribles preuves contre
vous.

PAMÉLA.

Je me flatte qu'il ne sera pas difficile de les réfuter.

M. DE MAYER.

Et qui s'en chargera ?

PAMÉLA.

Moi, monsieur, si vous voulez le permettre.

M. DE MAYER, présentant le billet à Paméla.

Voilà l'accusation ; défendez-vous si vous le pouvez.
(Paméla se lève, va à la table, prend le billet, et reste de-
bout. Tous les autres personnages sont assis. Ladi cause
tout bas avec Ernold.)

PAMÉLA.

Monsieur, je suis très-faible : que votre autorité m'ob-
tienne de pouvoir parler sans être interrompue.

M. DE MAYER.

J'en fais une loi, au nom du ministre.
(A ces mots, ladi et Ernold se taisent : ceci, bien exécuté,
doit produire un effet.)

PAMÉLA.

Monsieur, mon sort est connu de tout le monde. On sait
que, long-tems supposée une pauvre paysanne, j'ai décou-
vert la noblesse de mon origine ; et que, milord, qui m'ai-
mait, m'a donné le nom de son épouse. (elle pleure.)

M. DE MAYER.

Retenez vos larmes, et continuez, madame.

PAMÉLA.

L'éclat de ma fortune excita la jalousie dans tous les cœurs.
Ladi Daure me jura une haîne implacable ; le chevalier m'ac-
cabla d'outrages... et si je dévoilais !... mais je suis ici pour
me défendre, et non pour accuser.

M. DE MAYER.

Bien, miladi ! c'est très-bien.

PAMÉLA.

Au moment de quitter Londres, avec mon époux, j'en ins-
truis milord Arthur, par un écrit de ma main, et que je ne

désavoue point. La voilà cette lettre qui m'accuse ; voilà
la bâse des plus horribles soupçons.

M. DE MAYER.

Vous avez promis de les combatre et de les détruire.

PAMÉLA.

Oui ; je vais l'entreprendre : j'écris à milord Arthur.

(*Elle lit.*)

« *Milord ,*

« *Je vais partir pour le comté de Dévonshire ; c'est à re-*
» *gret que je vous quitte, et que je laisse à Londres la plus*
» *chère partie de moi-même.* (*Elle parle.*)

Ces phrases, mal interprétées, ont pu révolter mon époux...
mais, je parlais de mon père.... Il m'a donné la vie... n'est-il
pas la plus chère partie de moi-même ! (*Elle lit.*)

» *Jugez de l'état de mon cœur pendant ce voyage , et*
» *combien il m'en coûte de me séparer de l'objet qui m'inté-*
» *resse le plus.*

(*Elle parle.*) Quitter un père tendrement chéri, le laisser entre la vie et la mort ; voilà ce qui causait ma douleur.

(*Elle lit.*)

« *Votre bonté seule me console, et c'est en elle que j'ai mis*
» *toute ma confiance. Je ne m'explique pas plus clairement ,*
» *pour ne pas confier au papier un secret aussi important*
» *que le nôtre.*

(*Elle parle.*) Oh ! oui, bien important, sans doute ! Tout
le monde ignorait la retraite de mon malheureux père , et la
moindre indiscrétion pouvait le conduire au supplice.

(*Elle lit.*)

« *Vous savez ce dont nous sommes convenus ce matin,*
» *et je me flatte que vous agirez avec prudence.*

(*Elle parle.*) Pouvais-je trop le lui recommander ! (*elle lit.*)

« *Je pars ; n'oubliez pas ce que vous m'avez promis ; ve-*
» *nez au comté de Dévonshire m'apporter quelque consola-*
» *tion, et je verrai la fin de mes peines et de mes ennuis.* »

(*Elle parle*) S'il m'eût apporté la grace de mon père,
n'était-ce pas mettre fin aux tourmens que j'éprouve ? — Voilà la lettre expliquée ; voilà en quel sens je l'ai écrite... et
que le ciel me punisse si jamais j'ai eu d'autres intentions !
(*à Bonfil.*) Milord , à mon serment, vous pouvez m'en croire ;
si j'ai perdu votre amour, je ne suis pas indigne de votre estime. (*avec force et sensibilité.*) Paméla, trahir son époux ?
Paméla devenir ingrate envers son bienfaiteur !... ah ! ne
faites pas ce cruel affront à la pureté de la foi que je vous ai
jurée, et que je vous conserverai jusqu'au dernier instant de
ma vie. Si vous avez cessé de m'aimer, abandonnez-moi ; reprenez vos bienfaits ... mais laissez-moi l'honneur. (*après*

un court silence, elle reprend.) Milord, une erreur a causé ma disgrace; on me supposait coupable, lorsque je remplissais le plus saints des devoirs. (*avec explosion.*) Ce que j'ai fait pour mon père, vous l'eussiez fait pour le vôtre! — Vous m'avez condamnée, sans vouloir m'entendre... à présent, j'en appelle à votre équité, soyez mon juge, prononcez mon arrêt, ou rendez-moi votre cœur.

M. DE MAYER.

Milord, vous avez entendu la justification de votre épouse; êtes-vous dissuadé?

M. BONFIL, *se levant.*

Non, je ne le suis point, non; je ne puis me rendre à ses paroles artificieuses : la plainte est portée, et notre séparation...

____

SCENE X.

LES PRÉCÉDENS, ISAC, ensuite Milord ARTHUR.

ISAC.

Milord Arthur.

TOUS LES PERSONNAGES.

Arthur!

(*Tableau de surprise. Arthur paraît, tout le monde se lève.*)

M. BONFIL, *avec force.*

Milord, qui vous amène ici?

M. ARTHUR, *froidement et noblement.*

L'honneur.

M. BONFIL.

Qui vous autorise à vous présenter chez moi?

M. ARTHUR.

L'ordre du ministre.

M. BONFIL.

Quels sont vos motifs?

M. ARTHUR.

Je viens détruire vos injustes soupçons, et confondre les calomniateurs.

L. DAURE.

Et quels sont ces calomniateurs?

M. ARTHUR, *en la regardant.*

Vous les connaissez, madame.

M. BONFIL.

Quoi! milord...

M. ARTHUR.

On vous a trompé, Bonfil; les imposteurs l'ont emporté sur l'amour et l'amitié : pour vous punir, je devrais vous laisser votre erreur. (*en montrant Paméla*.) Mais l'innocence souffre, elle est accusée ; il est du devoir de l'honnête homme de la défendre et de la faire triompher.

M. BONFIL.

Vous êtes le complice de madame, vous ne pouvez entre-prendre sa défense.

M. ARTHUR.

Moi, son complice ? non ; je suis accusateur.

M. BONFIL, *vivement*.

Et qui donc pouvez-vous accuser ?

M. ARTHUR.

Vous.

M. BONFIL.

Quels sont mes torts ?

M. ARTHUR,

Vous les demandez ? vous n'avez pas le dessein de les ré-parer.

M. BONFIL, *avec colère*.

Encore une fois, mes torts ? c'est le point essentiel.

M. ARTHUR, *avec noblesse et chaleur*.

Vous voulez les savoir ? écoutez, et tremblez. En épou-sant Paméla, vous deviez employer votre crédit pour faire rendre justice au comte d'Auspingh, vous le jurâtes ; avez-vous tenu vos sermens ? Non : Paméla voyant que vous négligiez l'auteur de ses jours, eut recours à moi pour sauver ce qu'elle avait de plus cher au monde ; je m'y engageai, et je tins ma parole. Un entretien secret, mais indispensable, excita votre colère, et vous rendit le plus injuste et le plus cruel de tous les hommes. Enfin, vous n'avez rien fait pour conserver la vie du père ; vous déshonorez son enfant, et vous avez outra-gé votre ami. Voilà les effets de votre crédulité, de votre in-justice et de votre jalousie. Maintenant, vous connaissez vos torts : rougissez-en, et réparez-les

M. DE MAYER.

Milord, votre déclaration est celle de Paméla.

M. ARTHUR, *continuant*.

Que dis-je, les réparer ? le pourrez-vous ? Vous ignorez l'effet qu'ils ont produit. Frémissez, voilà le plus funeste. Sa-vez-vous ce qu'est devenu le comte d'Auspingh ? Ce malheu-reux père, pour justifier sa fille, s'est exposé à la rigueur de la loi qui le condamne... Il a tout bravé... Au sortir de votre hôtel, il vient d'être arrêté.

PAMÉLA.

Mon père !

M. BONFIL.

Ah ! le tems presse, je vole au secours du comte... vais..

Paméla marié.   F

M. ARTHUR.

Un moment !

PAMÉLA.

Ah ! milord, venez, conduisez-moi, et, s'il ne faut que
mes jours...

M. ARTHUR, *les arrêtant.*

Demeurez. (*à Bonfil.*) Je vous ai promis la vérité, je vous
la dois. Je viens démasquer les perfides qui, par leurs in-
fâmes conseils, leur haine et leur ambition, ont détruit votre
bonheur. Ce moment sera terrible ! les preuves sont convain-
quantes. — Bonfil, gémissez sur les maux que vous avez cau-
sés. — Madame, rassurez-vous ; vous m'avez chargé de veil-
ler sur les jours du Comte ; ma tâche est remplie... Paméla,
voilà la grace de votre père. (*il lui remet un papier.*) Milord, voilà la justification de votre épouse. (*il lui remet une
liasse de lettres et un billet.*)

M. BONFIL.

Une lettre du ministre !

M. ARTHUR.

Lisez ce qu'il vous écrit.

M. BONFIL, *après avoir lu.*

Quoi ! milord, votre correspondance avec Paméla était
entre les mains du ministre ?

M. ARTHUR.

Il le fallait : ladi m'écrivait pour obtenir la grace de son
père.

M. BONFIL, *vivement.*

Qu'entends-je ?

M. ARTHUR.

Voilà le crime que vous vouliez punir.

PAMÉLA.

Ah ? milord... Et mon père, où est-il ?

M. ARTHUR.

Vous allez le voir. Venez, comte d'Auspingh ; venez em-
brasser et consoler votre enfant.

SCENE XI.

LES PRÉCÉDENS, LE COMTE.

PAMÉLA, *courant au-devant du Comte, et lui tendant les bras.*

Mon père !

LE COMTE, *la pressant dans ses bras.*

O ! ma chère Paméla ! (*en montrant Arthur.*) Voilà notre
libérateur. (*en montrant Bonfil.*) Et voilà le plus...

PAMÉLA, *l'interrompant.*

C'est mon époux... Ne lui dites rien ; je vous revois, je ne
sens que la moitié de mes maux.

LE COMTE, *avec force.*

Venez, ma fille; sortons d'ici. On m'a, grace à milord Arthur, réhabilité dans mon honneur et dans mes biens : Fuyons, fuyons loin de ces lieux; mais, ne soyons point ingrats : Remerciez milord (*en désignant Bonfil.*) du bien qu'il a voulu nous faire, et oubliez le mal qu'il nous a fait.

PAMÉLA.

Qu'exigez-vous ?

LE COMTE, *d'un ton d'autorité.*

Milord vous rend à moi ; je reprends tous mes droits sur vous, et vous devez m'obéir.

PAMÉLA.

Vous le voulez ? (*le Comte lui fait signe d'obéir.*)
(*Elle s'approche de Bonfil, et lui dit lentement et en pleurant.*)
Suis-je encore Paméla, ou ladi Bonfil ?
(*Bonfil laisse tomber le mouchoir qu'il tient sur ses yeux, regarde Paméla douloureusement, se jette à ses pieds et lui tend les bras : Paméla s'y précipite; ils s'embrassent, et restent un moment dans cette attitude.*)

PAMÉLA, *avec le cri de l'ame.*

Mon père ! on l'a trompé ; il m'aime, il se repent.

M. BONFIL, *tendant les bras au Comte.*

Mon père !

PAMÉLA, *tendrement.*

Voulez-vous lui pardonner ?

LE COMTE, *avec ame.*

Eh ! n'est-il pas ton époux ?

M. BONFIL, *se relève, et va se jetter dans les bras du Comte.*

Ah !... (*après l'avoir embrassé, il prend la main de Paméla.*)
Oui, son époux ; et les calomniateurs ne pourront briser nos liens.

M. DE MAYER.

Milord, votre réconciliation me charme et vous honore. Voilà ce que le ministre attendait de vous; mais votre digne épouse peut exiger une réparation ; portez plainte contre ses accusateurs, et je la reçois.

PAMÉLA, *vivement.*

Milord, ne les nommez pas.

M. BONFIL, *lui donnant la lettre du ministre.*

Soyez l'arbitre de leur sort. (*Paméla prend la lettre, jette un coup-d'œil dessus, et la déchire en baissant les yeux.*)

M. DE MAYER, *à Paméla.*

Ce noble procédé est bien digne de vous. (*à ladi Daure et au Chevalier.*) Miladi, chevalier Ernold, le ministre m'a chargé de vous accompagner chez lui pour des affaires importantes qu'il doit vous communiquer.

L. DAURE.

Je vous entends, monsieur. Ernold, donnez-moi la main.
(*ils sortent.*)

M. DE MAYER, à *Bonfil.*

Adieu, milord. A l'avenir, n'écoutez plus les mauvais conseils ; défiez-vous des fausses apparences, et croyez à la vertu. (*il salue, et sort.*)

SCENE XII.

Milord BONFIL, PAMÉLA, Milord ARTHUR, LE COMTE, Mad. JEFFRE,

M. BONFIL.

Ah !... je suis hors de moi !... les perfides ! (*à Paméla en pleurant.*) Chère épouse, le remords de vous avoir offensée ne pourra jamais sortir de mon cœur : je suis indigne du pardon que vous m'avez si généreusement accordé.

PAMÉLA, *avec candeur et bonté.*

J'ai vu votre repentir ; vous m'avez rendu votre estime... et je ne me souviens plus des maux que j'ai endurés. (*Bonfil lui baise la main.*)

LE COMTE, *à milord Arthur.*

Cher Arthur, après ce que vous venez de faire pour nous, quelle sera votre récompense ?

M. ARTHUR.

Le bien que j'ai fait. — Je vous quitte. (*à Bonfil.*) Milord, quand vous voudrez me voir, mon asile et mon cœur vous seront toujours ouverts ; mais votre hôtel m'est fermé pour jamais. Adieu, Bonfil, adieu, mon ami.

TOUS LES PERSONNAGES, *courant après Arthur.*
Milord !

M. ARTHUR.

Restez... Vous êtes tous heureux ; je n'ai plus rien à désirer. (*il sort.*)

SCENE XIII ET DERNIERE.

LES PRÉCÉDENS, excepté ARTHUR.

M. BONFIL, *au Comte.*

O ! mon père ! croyez-vous qu'Arthur veuille être encore mon ami ?

LE COMTE.

Je me charge de vous réconcilier. Milord, oublions tout, et gardons le secret sur cet affreux évènement.

M. BONFIL.

Non ; tout le monde le saura : j'ai réparé mes torts, je ne dois plus en rougir. Il faut que mon exemple tourne au profit de la société ; rende les maris moins crédules, force les méchans à se taire, et que désormais on ne voie plus les épouses vertueuses devenir les victimes de la calomnie.

FIN.

www.ingramcontent.com/pod-product-compliance
Lightning Source LLC
Chambersburg PA
CBHW070813260626
47161CB00006B/2267